CRONIQUEI...
E
AGORA?

Silvio Luiz Carrara

Croniquei... e agora?

novo século®

São Paulo 2016

PRODUÇÃO EDITORIAL
SSegovia Editorial

PREPARAÇÃO
Lívia First

DIAGRAMAÇÃO
Abreu's System

REVISÃO
Andrea Bassoto

CAPA
Odi Gouvea

Texto de acordo com as normas do Novo Acordo Ortográfico da Língua Portuguesa (1990), em vigor desde 1º de janeiro de 2009.

Dados Internacionais de Catalogação na Publicação (CIP)
(Câmara Brasileira do Livro, SP, Brasil)

Carrara, Silvio
Croniquei – e agora? / Silvio Carrara. – Barueri, SP : Novo Século Editora, 2016.
1. Crônicas brasileiras I. Título.

16-02437 CDD-869.8

Índices para catálogo sistemático:
1. Crônicas : Literatura brasileira 869.8

NOVO SÉCULO EDITORA LTDA.
Alameda Araguaia, 2190 – Bloco A – 11º andar – Conjunto 1111
CEP 06455-000 – Alphaville Industrial, Barueri – SP – Brasil
Tel.: (11) 3699-7107 | Fax: (11) 3699-7323
www.novoseculo.com.br | atendimento@novoseculo.com.br

novo século®

Dedicatória

À minha esposa, Grace, pelo seu amor incondicional. Contradizendo Drummond: “Eu a amo porque a amo. O amor é um estado de graça e com amor se paga”.

Agradecimentos

Ao Sr. Elias Awad, que gentilmente me honrou com o prefácio do livro.

A Odi Gouveia, pelo incrível presente que é a maravilhosa capa.

À minha família, aos mestres, padres e doutores que fizeram e fazem a minha trajetória.

Prefácio

Em nossa vida é muito importante quando conseguimos fazer com que as nossas essências se misturem. Com isso, quero registrar a importância da combinação da essência do ser humano e do profissional. Que suas crenças, atos e palavras possam convergir sem ter que, obrigatoriamente, criar personagens para cada uma delas!

Pois essas palavras expressam exatamente quem é o filho, o esposo, o pai, o amigo... o médico Silvio Luiz Carrara. Um homem e um médico sensível; um homem e um médico ético, de grande caráter; um homem e um médico comprometido com o próximo e que tem nas mãos a linda missão de salvar vidas, um privilégio de poucos...

E confesso, aqui, que ao ler sua obra, *Croniquei... E agora?*, tive uma grata surpresa ao constatar que a convergência de fatores e características entre o homem e o profissional também se estende ao escritor. Como se diz na linguagem do "jornalismo", Silvio é um autor de "pena fácil", ou seja, escreve com leveza e sabor... Há passagens divertidas, tristes e reflexivas e que nos fazem relembrar também de situações que nós mesmos vivemos. Mesmo em temas mais "amargos", Silvio consegue encontrar o lado "doce", transmitido através dos ensinamentos adquiridos. Só os melhores atingem tal nível de observação e sapiência.

Registro aqui outra curiosidade do livro. Sabe onde ele encontrou esses temas? Na melhor das fontes: no cotidiano. E foi justamente no seu dia a dia como homem da sociedade e médico que nasceu o escritor.

A obra *Croniquei... E agora?* representa também uma forma de Silvio Luiz Carrara nos transmitir a importância que todos nós temos de compartilhar a nossa vivência.

Ah... Também não é por mero acaso que o doutor Silvio Luiz Carrara formou-se médico e especializou-se em cardiologia.

Além de tratá-lo, dar-lhe vida e sobrevida, ele conhece como poucos aquilo que emociona, agride, alegra, faz "sorrir" e enche de amor um coração...

O título *Croniquei... E agora?* encerra-se com uma pergunta, cuja resposta eu mesmo pretendo dar.

Croniquei... E agora, Silvio Luiz Carrara?

Agora, o Silvio precisa continuar a nos presentear com novas edições do livro. O *Croniquei... E agora?* de números 2, 3, 4, 10...

Parabéns Silvio Luiz Carrara, e obrigado pela honra que a mim foi dada, de poder escrever este texto!

Elias Awad
Biógrafo e palestrante

Abertura do autor

No cotidiano nos deparamos com o apressar da vida. Todo mundo tem pressa.

Nesses instantes comecei a observar fatos e situações, muitas hilárias, e outras, nem tanto. Resolvi, então, rascunhar sobre elas, e o começo foi difícil.

A ideia aparece, por vezes, em momentos errados, e quando vamos passar para o papel, surge: "Não foi bem isso que pensei naquela hora...". Não sai... Como diria Lila Zanganeh, escritora franco-iraniana, "Existe também a dificuldade com as palavras".

É um zoológico com substantivos indóceis, adjetivos sarapintados, advérbios rugindo e verbos zurrando os cascos, o que nos leva à ruminação dos detalhes para depois atingir o pensamento lógico.

Estive navegando por mares nunca dantes explorados, tentei atingir a minha "Taprobana". Não precisava nem ir além como a epopeia lusíada. Não cheguei nem perto...

Essas crônicas foram escritas de maneira leve e alegre. Muitas delas me fizeram sorrir e algumas, meditar. Muitos dos grandes escritores e autores são ou foram médicos. Não tenho a menor pretensão.

Quanto ao título das crônicas, pensei: "Já existem tantas... São crônicas disso, crônicas daquilo... Então, qual título colocar? Por que não *Croniquei... E agora*?".

Esse neologismo talvez possa fazer parte da nova edição do Aurélio, afinal, a língua portuguesa é como se fosse as ondas do mar: está em constante modificação.

Croniquei... E agora? quer dizer que continuarei a escrever crônicas e pequenas histórias, ou seja, *cronicarei*! É a arte de produzir crônicas, na qual sou apenas um simples aprendiz.

Apesar disso, eu... *Croniquei... E agora?*

Espero que apreciem a leitura!

Silvio Luiz Carrara

1.

A VIDA POR UM CHOQUE

Vivemos nos enganando, achamos que não vamos morrer, daí a expressão desenganada.

Não gostamos de falar sobre morte e tampouco sobre parada cardíaca, que pode ocorrer com qualquer pessoa, de qualquer idade e sexo, em qualquer lugar. As doenças cardiovasculares são a principal causa de morte em nosso meio. Atualmente, costumam afetar os adultos em idade produtiva, na ocasião em que suas famílias e o país mais necessitam deles.

No Brasil, diariamente, cerca de 820 pessoas morrem de doenças do coração, sendo que o infarto é a mais comum. Apenas 49% das pessoas que têm infarto chegam com vida ao hospital. 250 mil pessoas morrem a cada ano e menos de 5% são salvas.

O coração humano apresenta de sessenta a noventa batidas por minuto, mais de 100 mil ao dia. Passamos o dia sem refletir o que acontece dentro do nosso corpo. Não nos damos conta do ritmo constante que controla o coração sadio até que algo dê errado! O coração perde seu ritmo contínuo, transformando-se em um ritmo anormal, tão instável que o coração não contrai e a vítima sofre uma parada cardíaca por fibrilação ventricular.

A ressuscitação pode ajudar por um tempo, mas ela não consegue reverter a fibrilação ventricular. Para se recuperar o ritmo normal, basta um choque elétrico controlado que interrompa o ritmo anormal, transformando-o em um ritmo normal. A cada minuto sem o choque, as chances de sobrevivência caem 10%. Pode existir vida após uma parada cardíaca.

A invenção dos desfibriladores automáticos externos, operados mesmo por leigos, deu novo alento à parada cardíaca. Nos Estados Unidos, a experiência nos aeroportos e aviões da sobrevida foi de 40%. Antes era de 2%. Esses aparelhos são baratos e vendidos em farmácias nos Estados Unidos. Quem imaginaria, há cinquenta anos, comprar um aparelho de pressão ou um glicômetro.

2.

A VIDA QUE SE LEVA É A QUE SE VIVE

Trabalhando em ambulâncias, fomos remover um senhor de muita idade para um hospital. Só havia vaga na enfermaria e no outro leito estava uma mulher. O senhor tinha lapsos de memória e sabíamos que a mulher internada era a esposa dele. Então, dissemos:

— O senhor vai encontrar uma namorada!

O acaso do destino fez com que eles se encontrassem. Ao entrar no quarto, os dois sorriram, e o diálogo a seguir foi:

— Você não morreu!

— Não! E nem você!

Lá permaneceriam convalescendo, lado a lado.

3.

ALIMENTOS

Percebi que certos alimentos são sem graça. Se eu os preparo, também são sem graça. Vejam, por exemplo, o milho, que se transforma em pipoca, mas faz uma barulheira danada, um estardalhaço. Ainda, na hora de comer, se não puser sal tem gosto de isopor!

Outro alimento que é bom: o leite. Mas no seu preparo pode extrapolar a panela e, aí, para limpar o fogão, só mesmo as donas de casa para contar!

Alguns alimentos têm uma plástica bonita, mas podem não ter gosto de nada, como maçãs e pêras. Depende se o produtor está ou não com pressa de colher. Em algumas bananas, mesmo maduras, ou maçãs, tive a ingrata surpresa de ver que estavam ruins por dentro. Como falava minha avó: "Por fora, bela viola; por dentro, pão bolorento"!

Acho, também, que a minha definição de alimento é aquilo que anda e do que você corre atrás, como vacas, porcos e aves. O que se colhe não dá sustento! Tem poucas calorias.

Alguns alimentos são feios, mas saborosos. Porém, há um que age em silêncio e transforma. Estou falando do fermento, que, quando adicionado ao trigo – ou a outros ingredientes –, faz com que não seja mais trigo, porque ele se transforma em pão, bolo, massas, pizza...

Esse, sim, é o rei dos alimentos!

4.

AMIGO MEU

Amigo meu de infância caiu na vida e nas drogas mesmo. Coitado, ficou "noiado", na sua linguagem atual. Estava mais ligado do que rádio de preso. Ficava por aí, pelas ruas, saracoteando mais que bolacha em boca de velha. À noite, não tinha onde dormir e ficava junto com os outros "noias", amontoados como uvas no cacho. Ficavam todos angustiados, como baratas de barriga para cima.

Quando a polícia aparecia, ficava extremamente ansioso, como um anão em comício. De boca aberta mesmo, todos "noiados", como burros que comeram urtiga. A polícia nada achava. Liberava, então, todos, que voltavam para as ruas. Saíam da delegacia mais nervosos que barata no galinheiro. Perdidos como cebola na salada de frutas.

Passando o efeito dos narcóticos, meu ex-amigo precisava arrumar "algum" para comprar drogas. Recorria aos semáforos, onde sempre conseguia uns trocados.

Quando conseguia algum dinheiro, ia procurar, mas o preço havia majorado e estava mais caro que Argentina nova. Conseguia comprar um pouco e por um tempo ficava tranquilo, que nem água de poço.

O efeito passa rápido e tinha que arrumar mais dinheiro. Ele já estava nas drogas havia tempo e estava mais sofrido que joelho de freira em semana santa. Não sabia mais nada da vida de seus parentes e amigos. Estava mais por fora que surdo em bingo.

Ficava um pouco feliz quando um grupo de beneméritos distribuía sopa. Tão feliz quanto prostituta em dia de pagamento do quartel. Esses beneméritos também, por vezes, davam banho nesse meu amigo e cortavam os cabelos dele. Ele estava tão feio como sapato de padre. Durante o corte de cabelo ficava mais sério que defunto, e, muito assustado como veia em canoa.

Logo voltava às ruas, ficava sujo novamente e na "noia" assim que conseguisse algum!

Assim é a história que sei, até aqui. Não tive mais notícias dele, mas deve estar perambulando pelas ruas, nervoso como gato em dia de faxina!

5.

AMIGOS

— Tenho 352 amigos. E você?

— Eu só tenho um.

— Só um?

— Sim.

— Meus amigos são lindos. Vivem me elogiando, acham-me bonito, acham graça no que faço, no que como, em como me visto... Converso com eles todos os dias. E você?

— Também converso com ele todos os dias.

— Meus amigos viajam, vão a festas, riem, divertem-se... E os seus?

— Não preciso ir a festas para estar feliz.

— Coitado, com um único amigo! Tenho pena de você!

— Não precisa ter pena. Meu amigo é Jesus Cristo. E os seus?

— Os meus são do Facebook.

6.

ANIVERSÁRIO

Maldita manifestação da vida
Como se pode comemorar
Se a cada dia estou mais
Sem controle
Da minha própria urina
Das minhas pernas
Dos meus braços
Já não enxergo bem
Minha memória por vezes falha
Minha letra não está mais firme
Por vezes, a arritmia é minha companheira da noite em solidão
Remédio para o que remediado não ficará
Sinto o peso do mundo sobre minhas costas
A melhor idade mais perto da morte estará
Feliz aniversário, meu jovem!

7.

ANTIGAMENTE

Antigamente, visitávamos mais. Lembro-me que morava em uma cidade distante de meus avós e em todo aniversário, Natal ou qualquer outra data considerada especial, meus pais punham as crianças no carro e viajávamos para vê-los. Não interessava se haveria comida ou não na casa de nossos entes queridos. Para meus pais, interessava vê-los e mostrar respeito e gratidão, além de mostrar os descendentes. Isso acontecia também com tios e tias de ambos os lados.

Lembro-me de que, quando criança, muitas vezes comíamos lanche no carro. Também no dia dos mortos íamos todos arrumadinhos ao cemitério, com flores, mostrar respeito aos antepassados. Lembro-me que me perdi no cemitério da quarta parada aos cinco anos, e São Paulo era a terra da garoa. Passei frio e medo por entre aqueles corredores sem fim de mausoléus, com suas estátuas, fotos, cruzes e flores.

Hoje, não se visitam mais se não tiver motivo.

— Vou fazer um churrasco!

— Então, eu vou visitá-lo, pai. Será que posso levar uns amigos?

Ou então:

— Não farei nada nesse Natal porque estou convalescendo.

— Então, não irei, mãe.

E quando acontece a visita, é da seguinte forma:

— Que bom que pôs *wi-fi* na casa, pai.

Ajeitam-se no sofá, só se levantam para a geladeira ou banheiro. Finalmente, dormem ali mesmo ou, quando conseguem, vão para a cama. No dia seguinte, a mesma coisa. Ligam seus tablets ou celulares e nem entre eles trocam palavras. Por vezes, sim: "Passe-me aquela almofada" ou "Pegue uma cerveja para mim". E vão embora no final da tarde.

Por vezes, ficam entediados e vão antes.

Não há mais respeito com os mais velhos e idosos.

Dia dos mortos serve para praia e cerveja. Não sabem também o que são os outros feriados: 9 de julho, 21 de abril e 15 de novembro. Sabem que é para viajar!

Foi o mundo que criou esses indivíduos. E uma coisa é certa: vai piorar.

8.

AO TELEMOVÉL

— Alô, onde você está?

— Para que número o senhor ligou?

— O senhor não tem bina?

— Não, meu número é restrito.

— Então, o senhor se esconde. Deve ter algum problema!

— Que problema o quê! Não gosto que os outros saibam meu número.

— Ah, talvez o senhor seja bandido e esteja falando de dentro da cadeia.

— Você é mal-educado. Gostaria de falar com quem?

— Já sei! O senhor é casado, possui amante e não quer que elas identifiquem seu número.

— Mais respeito, rapaz, senão vou desligar.

— O senhor é gay?

— Olhe, não o conheço. Vou acabar desligando...

— Está com medo da esposa, hein?! Entendo.

— Medo do quê? Não sabe com quem está falando?

— E o senhor também não sabe. Sou autoridade.

— Que autoridade o quê!?

— Só não lhe mostro minha carteira porque você não tem 4G.

— Que 4G?! Aposto que seu celular é desses baratos do *ching-ling* e de crédito!

— Imagine! Tenho iPhone 6. E seus créditos é que devem estar acabando.

— Se quiser mudar de operadora, pode, quando acabarem seus créditos.

— Não sei nem sua operadora, senhor restrito.

— Quer saber? O senhor é egoísta e mal-amado.

— Olhe que o pego na esquina!

— Qual esquina?

— Qualquer uma.

— Vamos voltar ao começo: para que número o senhor ligou?

— Para o seu.

— Então, deve ser engano.

— Deve mesmo.

— Até logo.

— Até logo.

9.

BRIGAS AO TRÂNSITO

No direito de ir e vir, o vai e vem das pessoas, quero dizer, pedestres, automóveis, motocicletas e bicicletas, ocorre de maneira errada!

Uns na mão, outros na contramão; uns no verde, outros no amarelo ou vermelho.

Com essa confusão toda, não é difícil acontecer embates. Não como antigamente, quando uma tia de Gordini e bobes no cabelo entrava em uma rua na contramão e dava de cara com um FNM (caminhão pesado e temido na época, pois seus freios, digamos assim, não eram tão confiáveis). O motorista do caminhão era taxativo: "Vá lavar um tanque de roupas, Dona Maria!" (minha tia chamava-se Hermínia).

Hoje, os embates são como combates medievais a cavalo. As espadas viraram chaves de roda. Existe também quem use chave de fenda, macaco e pé de cabra, ou guarda no porta-malas um porrete para eventuais necessidades!

Há também lutas greco-romanas de homens e mulheres. Os americanos costumam levar tacos de beisebol no porta-malas, mesmo não praticando o esporte!

Existem também discussões de baixo calão que não vão às vias de fato. No máximo, atiram seus celulares uns nos outros.

O pior foi a invenção da pólvora!

Que saudades do "Vá lavar um tanque de roupa, Dona Maria!".

10.

CACHORROS, ORA BOLAS

Um maltês de madame, de treze anos, macho, chamado Mike. Cachorro tratado mesmo a pão de ló. Melhores rações, banhos e tosas semanais, visitas ao veterinário. Já ia esquecendo os passeios com a senhora, shoppings, cabeleireiro, joalherias, centro culturais, casa do vovô...

Com toda essa vida maravilhosa, Mike era feliz. Ao menos, achávamos que era. Suas necessidades sexuais eram resolvidas com uma almofada vermelha, um coração de veludo com dois braços que não abraçavam Mike. À noite, havia intensas orgias com Mike ofegando por vários períodos; depois, exausto, descansava quase que em coma, deitado sobre seu "amor".

Passaram-se os anos... Com a mesma rotina, Mike, filho de lorde inglês, como dizia seu pedigree, vivia na mesma mordomia, até que, aos treze anos, sua dona resolveu comprar uma fêmea, a Chanel, com três meses, para fazer companhia para Mike. No começo, o ciúme; parece que Mike não concordava e que perdera seu reinado. Simplesmente, ele a ignorava. Chanel era um filhote mini, também de larga estirpe, neta de campeões americanos. Tinha até mais mordomias que Mike, como seu penteado com frufrus e sempre cheirosa. Andava como uma rainha, de cabeça em pé, passos marchados e em compasso.

Inteligente, desde cedo Chanel aprendeu o "senta", "dá a pata" e "rola". Tudo era felicidade. Mike aceitara a amizade de Chanel; afinal, eram da mesma raça e eram tantos anos sem companhia! Um vivia pelo outro e para o outro. Rosnavam, latiam e choravam quando um não estava por perto. Se dessem comida a Mike, Chanel também queria. Com remédios, era a mesma coisa: os dois queriam. Iam ao *pet shop* juntos. Brincavam o tempo todo. Chanel deu novo alento à vida de Mike.

Até que, certa manhã, aos seis meses de Chanel, tudo mudou. Mike amanheceu ofegante e agitado. Era como se tivesse tomado anfetamina com Viagra. Corria o tempo todo pela casa atrás de Chanel. Cheirava seu bumbum incessantemente. A loucura de Mike perdurou o dia todo. Ele corria e ela se escondia, enquanto latidos, rosnados e grunhidos foram deixando a senhora louca. Ela pegou seu iPhone 6, 4G, e ligou para veterinária:

— Estou desesperada.

— Traga-os aqui! — respondeu a veterinária.

Madame se preparou para levá-los à veterinária em seu carrão importado. Usava uma bolsa com nome homônimo de sua cachorrinha. Lá chegando, a veterinária foi taxativa: Chanel estava ficando mocinha e Mike sentia os feromônios muito antes que os humanos.

Madame indagou:

— E agora?

A veterinária respondeu:

— Temos que separar Mike, pois, nessa condição, ele só anda pensando "naquilo". Ele não vai comer mais, vai ficar respirando ofegante, vai se aquecer, e na idade dele pode até morrer se fizer sexo. O melhor para ele é separá-los.

Pronto. Lá foi Mike para o hotelzinho. Havia passado treze anos tendo relações com uma almofada. Agora que tinham lhe apresentado uma princesinha, tiraram-lhe.

Pobrezinho do Mike...

A história não acaba aqui. Chanel passava os dias triste e Mike, no hotelzinho *Happy Friends*. Madame percebeu a tristeza de Chanel. *No cio aos seis meses?* A explicação da veterinária não a convenceu muito: "São os hormônios colocados na ração". À noite, resolveu indagar ao marido cirurgião:

— Você não quer olhar a vagina da Chanel para ver se ela está no cio?

— Sou cirurgião e não ginecologista. Ainda mais de cachorro! — respondeu o marido.

— O que farei? — indagou a madame. — Ah, vou ligar para minha amiga do hotelzinho de cachorro. Ela tem criação e, embora não seja veterinária, deve entender alguma coisa. — E ligou. — Amiga, me dá uma luz? Eu acho que Chanel não está no cio. Como faremos?

— Já sei! — disse a amiga — Vou mandar o cachorro mais sem-vergonha que tenho e se ela estiver no cio vamos saber. É um bichon frisé. O nome dele é Zen. Posso levá-lo?

— Sim, traga-o, pois assim posso acabar com a tristeza da Chanel.

Assim se fez. A amiga da madame levou Zen, que parecia um maltês bombado. Zen adentrou pela casa e ignorou Chanel. Ficou mais interessado na piscina da casa do que na Chanel. Estava dado o veredito: "Chanel não ficou mocinha. Pode trazer o Mike de volta".

Só não concordei com o nome do cachorro: Zen! Para um cachorro sem-vergonha? O cachorro deveria ter um nome mais forte, que indicasse sua condição de másculo e sem-vergonha. Por que não Thor, Nero, Trovão ou até Vadinho? Mesmo sendo um nome no diminutivo, representa um grande sem-vergonha nacional de Jorge Amado. Zen não dá!

A vida continua com Mike e Chanel felizes, mas um novo capítulo só está para começar: a senhora encomenda um novo filhote fêmea, de nome Clhoé.

Finalmente, após várias exposições de maltês, o criador leva Clhoé. Uma cachorrinha diferente de Chanel, mais gordinha e comilona. Seu nome poderia ter sido "Magali".

Chanel, magrela e esperta, não saía do lado de Mike, como querendo dizer: "Sou sua dona agora". Por vezes, mordia a orelhinha de Clhoé, até que o mesmo que acontecera com Mike aconteceu com Clhoé: ficaram amigas e brincavam de lutar o dia todo. Isto é, quando Clhoé não estava dormindo ou comendo.

Madame, com a orientação da veterinária, resolveu castrar Mike. Marcou um dia para coleta de sangue. Nesse dia, não foi a veterinária dele que coletou o sangue. Foi outra, que perguntou se Mike mordia. Madame respondeu-lhe que, aos treze anos, Mike nunca mordera ninguém. Pois bem, ela pegou uma seringa agulhada para injeção intramuscular em adultos e tentou enfiar na jugular de Mike, que lhe deu uma dentada no polegar. Retruquei que a agulha era grande, e ela disse:

— Mas é um cachorro!

A veterinária disse também que tinha uma cachorrinha adestrada que deixava fazer qualquer exame porque era muito inteligente. Na verdade, ela estava chamando o Mike de burro.

Os dias se passaram e os três cachorros estavam felizes juntos. A felicidade completa seria se Clhoé aprendesse a fazer suas necessidades na fralda, mas fazia em qualquer lugar.

Clhoé, enfim, não conseguiu ser educada para as necessidades fisiológicas, talvez porque Chanel chegara antes e tenha lhe dito para não fazer onde ela e Mike faziam, já que eram "os donos do pedaço"!

A castração de Mike correra bem e ele engordou um pouco, mas perdeu suas vontades sexuais. Madame também não teve dúvida e logo no primeiro cio de Chanel e Clhoé, mandou-as para a castração. Também foi tudo bem.

A vida seguia feliz e pacata até que uma revista nacional de cachorros resolveu fazer uma entrevista com madame, para falar por que ela era tão louca pela raça maltês.

Madame foi entrevistada por mais de um mês. Os donos da revista de circulação nacional queriam saber tudo: que carne eles comiam; se comiam queijos, frutas, legumes; quais eram seus passeios; se eram penteados todos os dias; se tinham caminhas próprias; como eram os banhos e tosas, os passeios ao shopping etc.

Saiu na revista, com fotos e tudo o mais. Madame resolveu comprar mais uma, dessa vez a quarta, filha de campeão. A cachorrinha iria ao Chile, mas o criador a vendeu para madame. Esta, teve o nome de Brigitte.

Veio ensinada e ensinou aos outros onde fazer as necessidades. A vida de madame e de seus quatro malteses continuou feliz... Até o próximo!

11.

CAIXA ELETRÔNICO

Essas terríveis máquinas, odiosas, inventadas sei lá por quem, tornaram-se populares. Você vai até elas com a intenção de fazer algo daquilo que está escrito no aparelho: depositar, sacar, pagar contas...

Elas se tornaram objetos de estudo sociológico. Pessoas têm fascínio pela biometria.

Digitam valores acima do que podem sacar. Ficam olhando incrédulas seu saldo e, mesmo assim, imprimem o papel para conferir. Pensam, pensam e decidem sacar dez reais e, terminado o procedimento, resolvem ver o saldo de novo, para ver se os dez reais foram subtraídos mesmo. Aí imprimem. Tentam, por vezes, sacar mais dinheiro do que têm de saldo. Vai que a máquina erra!

Sem contar os que levam tudo aos caixas: contas, pagamentos, depósitos etc. Por que não utilizam a internet?

Nos Estados Unidos, tem gente que ama um caixa eletrônico. No Tennessee, em 2014, Lonnie Hulton, de 49 anos, foi preso porque estava pelado, fazendo sexo com o caixa eletrônico. Pagou 250 dólares de fiança e saiu! Mas eu continuo odiando os caixas eletrônicos.

Horríveis, essas máquinas. Ainda bem que estão acabando devido à dinamite!

12.

CERTA FEITA

Certa vez, toca o telefone tarde da noite. Tratava-se de um engano, mas me comovi, pois a senhora era cega. Morava sozinha no interior do Rio Grande do Sul, e eu, em São Paulo. Ela estava tentando falar com o filho, tinha a voz meiga e carinhosa. Parecia ser muito idosa, e resolvi prolongar a conversa, pois ela tinha um problema simples de saúde. Resolvi o problema ao telefone, e Dona Ondina disse que era poetiza e que iria recitar umas palavras.

Foram estas:

"Sabedoria marcante no que faz

Inteligência que demonstra nos seus afazeres médicos

Laço de amor pela família, vencer todas as etapas difíceis da vida

O amor é o pão que dá para sua esposa e seu filho".

Dona Ondina, de São Luiz Gonzaga, Rio Grande do Sul, que Deus a abençoe.

13.

CERVEJA

Entrei na UTI e o paciente estava tentando urinar para fazer exame.

— Ai, doutor, não consigo!

Já há horas tentando.

— Doutor, talvez... se eu tomasse uma cerveja, conseguiria!

— É, talvez, mas não pode.

— Faz quatro anos que não bebo e agora estou na UTI com pressão alta que não abaixa. Não consigo urinar. Achei que nunca ia acontecer comigo. Talvez se tomasse uma cerveja...

— Enfermeira, passe uma sonda.

Assunto encerrado.

14.

CLARA

Clara quando era um bebê

O cocô da Clara nada claro está, do verde ao róseo, de amarelo marrom pode ficar.

Fica claro que o cocô da Clara como gema não ficará!

Para Clara foi dado leite caro e claro. Claro que o cocô da Clara não clareou!

Todos intrigados, perguntam à mãe nada sobre Clara, mas, sim: "E o cocô da Clara? Clareou?".

Doutor Clarindo, pediatra antigo. "Dê um jeito no cocô da Clara", pediu a mãe Dona Branca.

Já trocamos o leite caro e claro várias vezes e não ficou claro o que Clara tem!

Clara pode não ter nada. Siga a receita da avó, Dona Alva.

Passados os anos...

Clara linda, loira, de olhos claros, mas a pergunta ficou: "Como está o cocô da Clara?".

15.

CONFORMISMO INCONFORMADO

Assaltado diversas vezes, na primeira levaram um relógio valioso e dinheiro; na última, um celular barato. Isto se chama "inconformado". Compramos celulares e relógios baratos para os ladrões. Eles vão trocar por uma ou duas pedras mesmo. Eles têm quinze minutos de prazer com um celular ou com um relógio.

Essa conta pode sobrar para nós ou para eles, uma vez que descobrirem que estamos com bens baratos!

Conversando com amigos, todos têm história de roubo, assalto ou sequestro. Em uma dessas histórias, um amigo foi sequestrado em seu carro e colocado dentro do porta-malas, junto com um engradado de cervejas. Os bandidos circularam por oito horas com o carro, até que pararam na manhã do dia seguinte.

Ficou aquela discussão acalorada:

— Libere o cara!

— Não! Dê um pipoco nele!

— Libere o cara!

Meu amigo nem pôde emitir sua opinião.

— Está certo. Vamos pegar a cerveja e pedir para ele contar até cem, senão leva pipoco!

— 997, 998...

16.

CONVERSA COM OS MAIS VELHOS

— Já ouviu aquela história, filho?

— Acho que sim... Ah, lembrei! Já ouvi, sim.

— Mas acho que faltou algum detalhe...

— Não, não... Já ouvi tudo.

— Não quer ouvir de novo?

— Obrigado. Fica para a próxima vez...

— Não tem um tempinho?

— Não, não. Estou com pressa.

— Nem um minutinho?

— Nem um minutinho. Até logo!

— Até logo! Vá com Deus, filho. Que Deus o abençoe e o guarde. Puxa, essa estória é tão bonita e de grande valia para o amadurecimento... Talvez eu arrume alguém que queira escutá-la.

17.

CREPÚSCULO DA VIDA

Hoje sinto o crepúsculo da vida avançando sobre meu corpo desgastado pelos anos.

Alguns ossos fraturados e soldados a esmo.

O mais incrível é a sensação de impotência e fragilidade.

Sem esteio, sem rumo e, principalmente, sem fraternidade.

Em um país sem leis, com injustiças totais, onde o suor de sua vida de trabalho se vai feito o apagar de uma vela.

Pelo menos sai o peso dos meus ombros.

Mas me sinto envergonhado...

18.

CRIANÇAS E VELHOS

Observei uma senhora de muita idade no cabeleireiro onde se encontrava a minha esposa. Essa senhora deveria ter noventa ou mais, e estava fazendo as unhas e cabelos. No conversar, estava totalmente lúcida e expressava suas ideias e fatos com clareza.

Aí é que está! Todos os que passavam achavam "Que bonitinha", e apertavam-lhe as bochechas, como fazem com as crianças.

Será que tais pessoas imaginam: "Eu também quero chegar nessa idade nesse estado!", ou "Que sorte dessa velhinha, que chegou nessa idade desse jeito. Tem algum segredo ou será a genética?".

De qualquer forma, suas bochechas continuaram sofrendo como as dos bebês.

19.

CRÔNICAS

As crônicas são tão efervescentes que acabam logo, em segundos. Fugazes mesmo, para serem lidas e esquecidas. O máximo de tempo que uma pessoa pode lembrar é uma semana, pois existem crônicas semanais de revistas, mas nem sempre é o mesmo cronista ou "articulista", como o chamam. Existem crônicas diárias em jornais, e estas duram até um dia, por vezes nem saem.

Podem ser ácidas, suaves ou mornas, mas todas são iguais àquele produto: bateu, tomou!

Diferente do conto. Ah, este, sim, tem começo, meio e fim. Bom, é para ser lembrado por muito tempo; às vezes, fica um sorriso nos lábios ou uma lágrima caindo quando nos lembramos dele.

Ah, o conto! Que beleza indescritível.

20.

CRONOFÓBICO

Observar a cor de uma lagoa depende de cada época do ano, da quantidade de pássaros multicoloridos e algas. Além das flores, que embelezam suas margens. Se tivermos sorte, na primavera podemos observar chuva e relâmpagos tirando fotos desses lagos, também um arco-íris após a chuva.

Vale a pena observar. As borboletas alçando voo são lindas.

Quando cai a noite, podemos ver vagalumes perseguindo a escuridão à procura de seu par. Cada um brilhando mais que o outro para tentar seduzir sua parceira.

Observaríamos apenas...
Vale a pena observar...
Esse instante mágico...
De nossas vidas...
Do crepúsculo da vida...
Viva, Nabokov!

21.

O QUE TODO MUNDO FAZ DE FISIOLÓGICO NOS DEIXA "CULTOS"

Desde os tempos antigos de Roma há o hábito de ler e escrever nas portas dos banheiros. Quando moleque, tinha que ler alguma coisa no banheiro, desde gibis (líamos *Tio Patinhas, Mônica, Cebolinha*) até revistas da época, como *Cruzeiro, Contigo, Sétimo Ceú*. Lia-se o que tivéssemos à mão. Mais tarde, *Playboy*, mas este é outro assunto.

Líamos, com o passar dos anos, *Veja, Isto é, Folha de S. Paulo* e *Estadão*.

Mesmo terminando o "feito", isto é, não estávamos mais enfezados, continuávamos sentados lá, lendo por horas. Os médicos especialistas dizem ser a causa das hemorroidas.

Hoje, o pessoal leva ao banheiro *tablets, notebooks, laptops* e *smartphones*. Ficam conectados a tudo nesse seu instante mágico e lúdico de suas vidas. Mandam *whatsapp*, torpedos (não só para o esgoto), veem assassinatos ao vivo, *youtube* etc. Ah, que coisa fantástica essa tecnologia!

Ninguém leva livros clássicos.

Ah, que saudade da *Contigo*!

22.

CURACA

"Curaca" era o termo usado em tupi-guarani para os prefeitos da tribo, o chefe político. Os cariocas inventaram o termo "caraca", que é uma interjeição e serve para qualquer coisa!

"Cacique" era o chefe da tribo dos primeiros ameríndios encontrados por espanhóis e portugueses no Haiti, na época dos descobrimentos. Esse nome se difundiu, mas em tupi-guarani o termo certo seria "morubixabas".

Só como curiosidade, Ajuricaba era chefe da tribo de Manaus e foi um grande herói. Arariboia também foi outro herói.

Pajé, em tupi-guarani, é o médico da tribo que tem poderes ocultos para a cura, também chamado de xamã. Quem não se lembra dos Pajés Raoni e Sampaim, que fizeram a pajelança em Augusto Ruschi (naturalista brasileiro envenenado por veneno de sapos amazônicos)? Na época, o presidente Sarney mobilizou a força aérea para buscar esses pajés em suas tribos, ridicularizando a medicina brasileira. Isso teve repercussão na imprensa internacional, que acompanhou o caso.

A pajelança durou três dias, com banhos de ervas, urucum e fumacê dos pajés. Ruschi durou mais cinco meses. Pena que ainda não tínhamos os cubanos!

Sarney ignorou os médicos brasileiros, mandando a aeronáutica buscar os pajés em suas tribos, bem como, atualmente, a chefe da nação disse, em maio de 2014: "Os médicos cubanos são mais atenciosos que os brasileiros". Ignora-se que, quando necessita, vai ao Hospital Sírio-libanês às nossas custas! Esse plano de saúde SUS *platinum* dá direito aos parlamentares, familiares, enteados, sogro, sogra, amantes...

Também o presidente Figueiredo ignorou os médicos brasileiros, indo fazer cirurgia de revascularização em Cleveland, onde disse a célebre frase: "Abriram-me como um frango. Sinto que um trator passou em cima do meu peito!".

Nós, os médicos atuais, deveríamos ser chamados de: "caciquajé" ou "xamãcique", pois exercemos a função de chefes e ainda temos que fazer a pajelança!

A não ser que o médico queira entrar para a política, aí ele vira o "médico curaca", como muitos que temos por aí. Ele não faz mais pajelança (esquece). Perde a prática e não se atualiza.

23.

DE ONDE ELES SAEM

Maltrapilhos, de dia são uma turma, à noite parecem fantasmas. Outras pessoas mesmo. No frio, no parangolé de um cobertor suado. Estão em todos os semáforos deste país.

Essa gente até "exportou" a limpeza dos vidros do carro para outros países. Por vezes, colocam nariz de palhaço, fazem malabares, brincam com facas e espadas não amoladas. Brincam também com fogo. Sobem em bancos, por vezes com um paninho sujo nas mãos. Pedem uma moedinha. Aquela história de "Tio, dá um real" acabou; agora, bastam centavos!

Quando estamos de vidros fechados, batem no vidro e fazem sinal com o polegar e o indicador da moedinha. Se não lhes damos, fazem sinal com indicador e médio, levando aos olhos, como dizendo "Estou de olho em você". Quando não imitam revólver com a mão, dedo indicador e polegar, disparando nas pessoas.

Alguns levam seu cachorro sarnento no pescoço, achando que vão comover mais. Teve uma senhora que disse estar desempregada e com quatro filhos. Comovi-me e fui ao mercado comprar cestas básicas e recebi o tradicional: "Deus te abençoe". Passados poucos dias, a senhora estava esmolando no farol de novo. No final de uma tarde, eu a vi novamente em uma loja de conveniência, trocando cinquenta reais em moedas. Em um dia só! Isso perfaz quase 1.500 reais ao mês! Para que trabalhar?

Alguns fumam crack e dizem ser fácil conseguir cinco reais no farol. Valor de uma pedra!

Um mendigo disse adorar carros e descreveu detalhes que nem eu mesmo sabia: tração, HPS, suspensão... Tome um real, então.

Encontrei outro que falava inglês fluente. Conversamos e ele disse que não usava drogas e que estava louco para tomar um guaraná. Tome uma moeda. Acreditei.

Uns mendigos não se dão ao trabalho de falar. Colocam placas com dizeres: "Tenho AIDS", "Tenho câncer com nódulos" (este está há anos no mesmo semáforo. Deve ser benigno). Outros mostram suas mazelas, como colostomia.

Mas de onde vem essa gente? Que saudades do "Tio, dá um real"!

24.

DEPRESSÃO

Ó, ente maldito!
Quem te inventaste: amaldiçoo!
Até a tua última geração...
Que sejam todos...
Que estejam todos...
Que fiquem todos...
Com a tua maldita invenção...

25.

DIFICULDADE DOS ESCULÁPIOS

Nas faculdades de medicina, os currículos estão cada vez mais carregados de novas matérias. Mas os mestres e doutores não ensinam a dar notícias às famílias. Muitos médicos se comunicam por boletins diários quando o paciente está na UTI e, por vezes, o médico não tem o que falar mesmo. Não houve melhora ou piora.

Meu Deus, mas como é doloroso desenganar os enganados. Falar que o paciente tem câncer, leucemia, necessita de um transplante ou cirurgia cardíaca. O pior é a réplica da família: "Quanto tempo de vida, doutor?".

Isso nós chamamos de prognóstico. São estudos feitos com a doença, com tratamento ou não. As estatísticas determinam o prognóstico, mas um ou outro doente sai da curva para mais ou para menos, isto é, morrem antes ou depois.

Bom, vamos responder para a família, na chincha ou na lata, como os médicos norte-americanos: "São só três meses". Havia uma corrente que dava esperança, pois se achava que com esperança a qualidade de vida seria melhor e o paciente viveria mais.

Hoje mudou, pois o paciente tem o direito de saber. E se quiser rever entes queridos que moram longe? E o testamento, partilha... Deixar o quê para quem? Para o governo!

Há notícias mais embaraçosas para o médico dar. Por exemplo: a gravidez de mãe solteira ou filha adolescente.

Certa vez, o médico falou para os pais:

— Sua filha está grávida!

— Que absurdo, doutor! Nem namorado ela tem!

— Repito: ela está grávida.

— Mas, doutor, é caso de polícia... Só se foi no ônibus!

— Então, é melhor a senhora reclamar na Delegacia de Trânsito.

Êta, congestionamento fértil...

26.

ENGANADOS

A juventude ceifada

Não importa a idade: dezesseis, dezessete, dezoito ou outra qualquer

Famílias enganadas

"Isso jamais acontecerá na minha!"

Pobres enganados; Deus meu, pais, mães, avôs, avós, tios e tias

Todos cegos amauróticos

Vivem na alegria

Sob o impacto social

Natais, Carnavais, Dias dos Pais, Réveillons...

É muita festa e cegueira. Comida e bebida boa e farta

Pobres cegos amauróticos

Eles não estão alegres, mas ficarão alegres por quinze minutos

Após sorverem o pó

Um dia, um desses vai ser desenganado com Aids e Tuberculose

Morrendo na miséria sem pompa e circunstância

Outros serão mortos, e alguns, presos
A juventude foi ceifada
Fingimos não ver
Onde erramos?

27.

ESSES PEIXES!

Peixe é um signo do zodíaco, mas também serve como diminutivo para membros de quadrilha. "É o peixinho. Temos que pegar o tubarão", diz a polícia. Peixe também é uma gíria usada muito no Rio de Janeiro, que começou com um jogador de futebol que chama a todos de peixe!

Peixe é uma palavra que vem do grego e quer dizer IXTS, que significa: Jesus Cristo, Deus Salvador. Homenagem merecida, devido ao milagre da pesca dos peixes. Está presente como símbolo de pessoas evangélicas, colado na lataria de seus automóveis, e está presente simbolicamente em muitas igrejas católicas.

Existem muitos tipos de peixes e suas formas, como diriam os surfistas, o seu *shape*, dão-lhe o nome: peixinho dourado; peixe-lua; peixe-espada e por aí vai. Tem o peixe-boi, que não é peixe e nem é boi. Golfinhos e baleias também não o são. E tem um que acho que tem o sobrenome engraçado: nariz de garrafa.

O bacalhau é um caso à parte. Serve para se fazer deliciosos pratos portugueses e também é motivo de piada. É um peixe que os brasileiros acham que não tem cabeça, pois nunca a viram! Também serve para designar mulheres feias: "Fulana é um bacalhau".

O atum, esse nobre peixe que vive enlatado, caiu no gosto dos americanos depois que foi enlatado com óleo e o proprietário da fábrica o comparou a frango. Caiu no gosto do povo e virou o fantástico *tuna sandwich*. Com as sardinhas aconteceu a mesma coisa: enlatadas em óleo viram delícias.

Desde a minha infância os mais velhos diziam: "Não tenha um aquário em casa porque sua vida anda para trás". Sinal de mau agouro, fiquei com medo. Nem podia ter um peixinho beta em um vidrinho como animal de estimação. Credo!

Depois de muito tempo, pesquisei e descobri que ter um aquário é símbolo de prosperidade. Deve-se colocar ao lado da porta de entrada da sala. Quanto mais peixes, mais prosperidade! Ah, por isso que tem aquários em alguns consultórios médicos. Não é só uma distração para quem aguarda intermináveis horas!

Prosperidade! Deve ser devido a isso que os aquários prosperam pelo mundo! O *Seaworld* está rico! De vez em quando, uma orca se vinga! Deve ser porque não é peixe!

Vamos citar as carpas milenares chinesas. São criadas pela crença de que uma carpa subindo a correnteza de um rio significa força, coragem e determinação para alcançar objetivos e superar dificuldades; já a carpa descendo o rio, significa metas alcançadas ou cumpridas. Então, tanto faz se está subindo ou descendo! Ha-ha-ha. Quero ver quem cria carpas em casa em que não há rio o que acontece! A vida fica parada! Melhor chamar o Pai de Santo...

28.

EVOLUTION

Mais alto, mais gordo, sexualmente precoce, mas cada vez menos fértil. O *homo sapiens* não está passando por evolução, mas por mutação, provocada pelo próprio homem. Em 200 mil anos de evolução, isso é "inédito", afirma o biólogo francês Jean-Francois Bouvet.

Pela primeira vez em sua história, a modificação do meio ambiente pelo homem é o principal fator da evolução, superando até a seleção natural. Não é darwiniana, mas uma retroevolução.

A estatura média dos franceses aumentou em média cinco centímetros em trinta anos, e a proporção de obesos quase dobrou nos últimos quinze anos. Atingiu 15% da população. A chegada precoce da puberdade também é uma tendência, sobretudo nas meninas, mas não exclusivamente nelas.

Nos EUA, estudos mostram que uma em cada dez meninas brancas e uma a cada quatro meninas negras atingiram a puberdade aos sete anos.

Seremos bisavôs aos quarenta anos. Pensem.

29.

FILHOS

São a felicidade de nossas vidas enquanto sabemos onde estão. Sempre por perto, companheiros de nossa juventude e idade adulta. Com o passar dos anos, são como água que escorre das nossas mãos e não conseguimos segurar, por mais que se tente.

Sobram apenas as mãos úmidas, que são lembranças. Vão secando e apagando, assim como os que já se foram.

Será que produzimos gente em vez de filhos?

30.

FRANGO OU GALINHA?

Estava em uma casa de carnes, onde surgiu uma dúvida: essa carne que estou comprando é de frango ou de galinha? Vinícius, o dono do estabelecimento, não sabia tampouco e resolveu ligar para o sogro, que é veterinário e trabalha com frangos sem agrotóxicos. Dada a explicação, o senhor José insistiu, queria "fazer propaganda":

— Só coma frangos da minha empresa, pois são livres de agrotóxicos.

A explicação foi que frangos e frangas são a mesma coisa aos 21 dias. São adolescentes e não dá para saber quem é quem. Então, frango é aquele que está na idade do armário! Achava que frango era macho novinho e galinha fosse fêmea velha. Já me falaram também que, depois de assado, tudo é a mesma coisa. Li que, quando nascem, olhando a pontinha das asas dá para se saber se é frango ou galinha. Ora, temos que ter olhos de outra ave: águia. Na prática, não resolve nada e vai tudo para o abate mesmo...

E o galo, então, o que seria? Com aqueles adereços de destaque de escola de samba? Ah, o galo é o frango que ficou adulto, isto é, um "ex-frango". Pode ir ao MMA!

Também tem o chester que, parodiando, “nunca vi, mas já comi”.

Restou uma dúvida: e o frango do futebol? Seria um gol que qualquer criança evitaria e o goleiro vai atrás da bola como se estivesse atrás de um frango e ele escapa!

O peito e as sobrecoxas são meus...

31.

FRUTAS

Não sei por que certas frutas têm que ter sobrenome. Por exemplo: laranja-pera. Ora, ou é laranja ou é pera! Limão-cravo – este último se usa no arroz-doce e em outras iguarias que têm a ver com o limão. Vejam só: abobrinha-caipira ou carijó. Não conheço abobrinha da cidade!

Tomate-caqui, tomate-cereja, alface-crespa. Moranga... Meu Deus, de onde vem esse nome?

Abóbora com ou sem pescoço. Pêssego pingo-de-mel, abacate-manteiga, abacaxi-pérola, manga-rosa, cana-caiana, cajá-manga. Mandioca-braba, maçã-gala, maçã-fuji. A pera é muito chique, pois é da família Williams. E a uva Thompson!

As uvas, então, são ótimas e servem de adjetivos para moças bonitas: "Você é uma uva!". Tem uva com todo tipo de sobrenome, e nem contamos também o sobrenome daquelas que fazem os vinhos.

A laranja, por exemplo, virou sinal de bebedeira: "Tô laranja", ou é usada também para pessoas desonestas passarem dinheiro para outras, os laranjas. Coitada.

As bananas também têm sobrenome: banana-maçã, banana-da-terra (as outras não vêm da terra!), banana-ouro (chique, não é?), banana-prata. Ué, não tem banana-bronze? Afinal, não são olimpíadas? A banana-nanica é gigante e, viajando, conheci a banana-mulata, que nada mais é do que um nanicão. As bananas também, como a laranja, servem de adjetivos: "Você é um banana", ou "O país é a república das bananas". Ia me esquecendo: também tem aquele ato antigo de colocar um braço sobre o outro e dizer "banana". Assim como as crianças faziam aquelas brincadeiras "Çeçeçe, çereçeçe, banana para você". A banana é uma fruta tão nutritiva e contém potássio, por que esse *bullying*?

Também fico intrigado: por que o homossexual é chamado de frutinha?

32.

INTRIGADO ESTOU

Intriga-me como nós, médicos, não relatamos a verdadeira causa *mortis* no atestado de óbito. Preenchemos como causa principal: parada cardiorrespiratória. Ora, não conheço ninguém que tenha morrido e não tenha tido isso!

Aí vêm os outros campos decorrentes do primeiro: devido a insuficiência renal, hepatite, infarto do miocárdio. Se forem fulminantes, melhor ainda. As pessoas leem “fulminante” e pensam: “Não tinha Cristo que salvasse”.

Embaixo, existem as comorbidades (nome bonito este, não acham?!). São doenças e vícios que temos que podem contribuir com o fato ou que apenas nos dão prazer durante a vida. Alcoolismo, tabagismo, diabetes e por aí vai. Se escrever “metástase”, fica melhor. Quem lê o atestado vê e diz: ”Câncer metastático! Deus me livre! Isso não tem cura”.

O certo é que as verdadeiras causas não são colocadas no atestado, como: morreu de susto, morreu de desgosto, morreu de corno, morreu porque lhe atiraram um vaso sanitário na cabeça, morreu de facada, atropelado, de tanto beber, de tanto cheirar pó e por aí vai...

Os médicos põem: traumatismo contuso, cortante, perfuro-cortante, decorrente de objeto perfurante, contundente ou os dois. Agora existe curso do CRM para preenchimento dos atestados. Só espero que não coloquem as causas que citei!

Mas é a verdade!

33.

INUTILIDADES

Pensando em coisas altamente inúteis para mim, resolvi descrevê-las.

O garrafão de água mineral de plástico. Muitas vezes tenho desconfiança da procedência da água. Dá um trabalhão danado para limpar e pôr no lugar. Haja dor nas costas! Além de seu armazenamento ser incômodo. E polui a natureza. Na infância, tínhamos o velho e bom filtro de barro e não morri.

Outra coisa que me dá raiva são copos descartáveis. Você puxa um e saem cinco! Com um só, você se queima com o café ou chá. Pega dois copos, aí, você baba na camisa no primeiro gole.

Os garfinhos, faquinhas, pratinhos, colheres de plástico são a alegria das donas de casa preguiçosas, mas não cortam carne, são feitos em tamanho que a comida cai e muitas vezes se quebram. Sem contar que os pratinhos dobram. Na época da minha avó, ninguém reclamava de lavar a louça. Se for economia de água e a poluição dos plásticos...

34.

LINGUIÇA

Estava indo buscar um paciente em outra cidade. O mesmo se encontrava em crise hipertensiva e, mesmo com drogas fortíssimas, sua pressão não cedia. Cheguei lá pela hora do almoço e o paciente já estava com o almoço servido. Reparando na bandeja, notei: linguiça, arroz, feijão, torresmo.

Ao comentar com o paciente que a dieta era inadequada para a doença dele, o mesmo respondeu:

— Sabe, doutor, o prefeito aqui é dono da fábrica de linguiça. Tem linguiça na dieta do hospital todo, além de toda a merenda escolar do município.

Pensei: "Assim as criancinhas vão se acostumar a comer linguiça!".

Também, o paciente me confessa que os desafetos do prefeito compraram certa quantidade de linguiça, deixaram estragar e jogaram no rio, o que foi fotografado, e saiu no jornal o acidente ecológico...

Viva, Dias Gomes!

35.

A RAINHA MAÇÃ

Pobre menina, nascida no campo. Quinta filha de lavradores pobres. Aos nove anos, acordava à uma da manhã para ajudar sua mãe a fazer comida. Às três da manhã, passava o caminhão de boias-frias para levá-los ao campo para colheita de algodão. A única fruta que conhecia era a banana. Certa noite, naquela escuridão, com o caminhão sacolejando pelas estradas, sentiu uma coisinha tocar seus pés. Parecia uma bolinha, que corria de um lado ao outro nas curvas da estrada. Em certo momento, ela parou a bolinha a seus pés, pegou-a e, na escuridão, cheirou-a. Não exalava cheiro algum!. Guardou-a escondida, sem que ninguém notasse, nem mesmo sua mãe. Ao amanhecer, procurou um lugar onde ninguém a visse e tirou aquela bolinha do esconderijo. Era uma maçã. Só ouvia falar, mas nunca a havia visto e nem a provado. Deu a primeira mordida e sentiu a delícia da fruta, comendo-a por inteiro. Não sabe de quem era e nunca revelou esse segredo a ninguém. Os anos passaram, muitas outras maçãs vieram e hoje ela nem liga mais. Mas diz, até hoje, que aquela foi a melhor maçã que ela já comeu.

Falando da maçã, ela não é uma fruta, mas, sim, um pseudofruto da macieira (não poderia ser da goiabeira). Originária da Ásia, disseminou-se pelo mundo. A maçã aparece na mitologia grega, sendo considerada o fruto do amor. Na mitologia nórdica e no jardim do Éden, é a estrela principal. Serviu para histórias, como A Bela Adormecida, e Isaac Newton descobriu a lei da gravidade através da maçã.

Esse pseudofruto é realmente uma rainha. Tem um design perfeito. Não é desengonçada como um abacaxi, com aquela coroa ridícula tentando ser rei, que só serve para frases pejorativas: "Você tem que descascar esse abacaxi para mim" (pepino também). Outras frutas têm outras características: melancia tem obesidade mórbida, a pera não tem design e serve para alguns tipos jocosos de obesidade. Ah, da uva não tenho muito que falar: "Você é uma uva". Mas é uma fruta, e não um pseudofruto como a maçã, e não tem tanta história, somente bebedeiras e orgias com o Deus Baco.

O pé da bananeira é engraçado e serve como um genocídio. Vou explicar: quando dá a fruta, você corta a mãe e aí brotam as irmãs, tias e primas. Ano a ano você vai aniquilando a família. São só mulheres.

Das frutas exóticas nem vou falar nada, porque o próprio nome já diz: exóticas.

Voltando à maçã, a nossa rainha, gostaria de dizer também que ela serve para identificar a cidade de Nova Iorque e também é símbolo de uma das maiores empresas de tecnologia do mundo: a Apple. A dentada foi inventada para não a confundir com uma cereja.

Existem 7.500 espécies de maçã; vou ao mercado e só encontro quatro: a fuji, a gala, a verde e a argentina. Cadê as outras 7.496? Não sabia que a maçã-gala precisa de setecentas horas de frio para se desenvolver. Dizem que é em uma temperatura menor que 7,2 graus Celsius (onde acharam esse número quebrado?). O maior produtor de maçã é a China! Com 31 milhões de toneladas. Não sabia que chinês comia tanta maçã. Deve ser a caramelada!

Bem, a nossa rainha faz bem à saúde, previne doenças e, como dizem os americanos: "One apple a day keeps the doctor away". Ou seja, "Uma maçã ao dia deixa o médico longe".

36.

MACACOS ME MORDAM!

Nessas minhas andanças de ambulância por aí aconteceu um fato ao menos pitoresco. O pneu da ambulância furou. Trocamos e, para não retornar com paciente sem estepe, resolvi procurar um borracheiro naquele ermo. Era final de semana e o calor estava de fritar ovos no asfalto! Daqui e de lá achamos um borracheiro em uma chácara e enquanto ele executava o serviço com a destreza e delicadeza que lhes são peculiares, resolvi adentrar ao sítio, pois havia muitas árvores frutíferas.

Em um abacateiro, eu olhei para cima e havia uma placa: Cuidado com o macaco! Procurei pelos galhos e cadê o macaco?

Enfim, fui perguntar ao exímio borracheiro:

— Dá para o senhor me mostrar onde é que está o macaco?

— Você não viu? Ele está velho, mas, quando era jovem, era muito forte e poderoso.

Fomos até o abacateiro e ele me mostrou um macaco quebrado de Fusca, amarrado em um galho!

Ora bolas...

37.

MACUMBA

É uma designação genérica de cultos feitos no Brasil influenciados pelo catolicismo, espiritismo, ocultismo, candomblé e cultos ameríndios.

Existe a macumba carioca, baiana e maranhense de Codó (a capital da macumba), onde mora o maior macumbeiro do Brasil, o "Bita do Barão", que faz macumba também em Teresina, conhecida como macumba Terecô. Também temos grandes macumbeiros no Sul, como o pai David, de Porto Alegre.

Classificaria a macumba em três tipos: leve, moderada e grave.

Vejamos a macumba leve: tirar soluço, fazer chover, apaixonar-se, sarar de doença, emagrecer, ficar com ciúmes. Outros: sorte, sucesso, vitória, emprego, olho gordo.

Macumba moderada: dar caganeira, ficar gostosa, separar casais, adquirir fedor ou mau hálito permanente, amarrar pessoa a você, amaldiçoar, fazer engordar, fazer cair cabelos.

Macumba grave: fazer crescer cabelos no sovaco ou no glúteo, fazer ficar impotente, fazer perder o emprego, fazer engasgar com pinga ou sêmen, chupar sapo, atrapalhar a vida de outrem ou conseguir o que mais se quer.

No tempo atual, nem precisa sair de casa. Basta ter internet para você fazer a macumba online e, pronto, já mandou seu recado.

No caso das macumbas de encruzilhada, existem também a vegetariana, com vegetais e frutas frescas; a ecológica, com velas de led; a light, que usa caldo Knorr; e a politicamente correta.

Gostaria também de falar das oferendas de Iemajá no Réveillon. Mandam aqueles barquinhos ao mar com tudo que é porcaria: charuto barato, pinga de R$1,99, espumante cidra, flores de péssima qualidade e uma nota de dois reais.

No dia seguinte, Iemanjá devolve tudo. A pessoa vai querer um ano bom de que jeito?

38.

MENINO SAUDÁVEL

Quando meninos, éramos saudáveis. Brincávamos na rua e não existia *fast food*. Hoje, as crianças têm obesidade, diabetes, hipertensão e colesterol alto. Não existe receita médica para aquele sucesso. Apenas brincávamos na rua. Descíamos a ladeira em carrinho de rolimã e, para brincar de novo, tínhamos que subir a pé. Esses carrinhos eram construídos por nós mesmos, e implorávamos aos mecânicos locais pela doação dos rolamentos usados.

Andávamos de bicicleta o dia todo e muitas vezes íamos longe. As bicicletas eram pesadas e só havia duas fábricas delas. Para melhorar o visual, existiam acessórios, como banco com símbolo do time, manetes incrementados, buzina *plim-plim* e espelho retrovisor, além de disquinhos coloridos para pôr nos aros. Tudo isso era feito com dinheiro guardado dado pela avó e madrinha. Hoje, essas bicicletas são consideradas um horror, uma breguice.

Brincávamos também de bafinho com figurinhas, de empinar pipas, de bola de gude e de bolhas de sabão com canudinhos feitos de talos de mamona e sabão retirado do tanque da mamãe. Também tínhamos outros jogos aeróbicos, como futebol, basquete, pega-pega, esconde-esconde e queimada. Além disso, tínhamos de fazer o teste de Cooper no colégio (correr o máximo que pudéssemos em doze minutos).

A comida também era mais saudável, com a mãe ou a avó cozinhando. Os alimentos eram entregues em casa, como o pão e o leite. O bucheiro, com sua carroça, vendia carnes frescas e as verduras da feira. Eu bebia água de torneira e nunca fiquei doente.

Hoje, todos já sabem! Nem me fale.

39.

MENTE SANA IN CORPORE SANUS

Aos fracos de cabeça, dedico estas palavras:

Quando bate aquele desespero, sem noção de saída, as pessoas procuram ajuda em outras que dizem ter a solução. Isso é um mecanismo de fé e confiança que existe em nosso cérebro desde a evolução. Isso foi verificado em macacos, que apresentam amigos e dividem a comida com eles, e não com outros, além de um tirar piolho do outro!

Nesse momento de dificuldade, essas pessoas recorrem a gurus, umbanda, igrejas evangélicas, numerologia, grafologia e terapias não convencionais. Essas terapias só respondem o que já está em suas mentes, no subconsciente. Você sabe o que deve fazer de sua vida, mas, se alguém lhe fala, vai achar que essa é a solução e que não estava visualizando! Também, a R$ 350,00 a hora, tem que valer a pena ou, se o problema for financeiro, o guru vai agravar ainda mais a situação. Apenas analisando sua assinatura, definem sua personalidade, se vai ter filhos ou doenças. Parecem mantra e previsões de final de ano: vai cair um avião, uma pessoa famosa vai morrer, haverá terremoto. É claro que tudo isso irá acontecer! Faz-me lembrar de uma cigana de antigamente, que lia a mão de mulheres grávidas e dizia: "Na sua mão, vejo que é um menino, mas tenho na minha cabeça que é menina". Não errava nunca!

Amigo meu, com desesperança, foi procurar uma mãe de santo que incorporava uma entidade. No primeiro dia, ela disse que seria muito trabalhoso, pediu que voltasse em uma semana e lhe deu um sabonete para lavar as impurezas exatamente em uma sexta-feira, às dezoito horas. Na sexta, exatamente às dezoito horas, lá estava ele, tomando banho com o sabonete Lux mágico. Na semana seguinte ele voltou e a mãe de santo lhe disse para acender uma vela de sete dias acima da cabeça dele, exatamente na sexta-feira, às dezoito horas. Seguiu à risca os conselhos. Pronto, estava acesa na sexta, às dezoito horas.

Na outra semana, voltou à mãe de santo e ofereceu dinheiro. Pensou: "Em outros lugares não têm dízimo. É para ajudar a pobre senhora". A senhora disse que ali não precisava de dinheiro. Disse, também, que o caso dele era mais complicado do que parecia. Necessitava, pois, fazer um trabalho a São Cosme e Damião. Em uma sexta-feira, às seis horas da manhã, tinha que achar sete encruzilhadas e deixar os docinhos. Preparou os pacotinhos, levantou cedo e às seis da manhã estava nas encruzilhadas deixando os docinhos.

O melhor vem agora: na visita seguinte à mãe de santo, ela disse que o caso dele era muito grave e que só se resolveria com a realização de cinquenta missas negras na Bahia, a um custo de mil reais cada uma, perfazendo cinquenta mil. Detalhe: teria que ser feito um molde do pênis desse meu amigo, para a confecção de velas para as missas! Ele virou um cisco e sumiu. Acredito que se tivesse procurado um urologista, teria resolvido seus problemas!

40.

MEU PRONTUÁRIO MÉDICO

Nasci a termo: "em termos", pois recebi uma nota nove no **Apgar.** Outros bebês receberam dez. Já comecei a vida em segundo.

Fizeram **Credé** e **kanakion;** nessa época não existia métodos de testes da orelhinha, do narizinho, do pezinho etc. Triste seria ser reprovado em um desses... Melhor não saber mesmo!

Passei a infância relativamente bem, vamos dizer assim. Fui vacinado com **tríplice** (esta dói); **Sabin**; contra **varíola** e **tétano**. Tive tantas tonsilites que não escapava do **benzeta**. Também na infância tive várias **IVAS**, mas das simples. Hoje existem as **H1N1, H2N2**...

Somos subdesenvolvidos mesmo, porque na China já se está no **H7N7**!

Fiquei com medo de **Tb** e **Tbmr**, mas, em 1985, veio a **AIDS**, aí o medo de uma imunossupressão, uma **SEPTIS** ou uma **SARA** (não sara), e por que não **IMO**? Ainda bem que surgiu o **AZT** e depois o **COQUETEL**.

Também tive várias **GECAs,** tratadas com **rehidrat** e reposição da flora e, por que não dizer também, fauna intestinal, lactobacilos vivos? Ah, tenho um amigo que toma Yakult com vodca e os chama de lactobacilos bêbados. Diz que é bom. Não sei se para ele ou para os lactobacilos!

Já adulto tive várias **FAs**, fiquei com medo de: **ESV**; **TV**; **FV** ou mesmo evoluir para uma **RCP** por **PCR**. Essa **FA** poderia ser de uma **ICO, HAS** ou mesmo um **IAM** e desenvolver **ICC**. Fiz um **tálio** e uma **CATE** por medo de ir à **REVASC,** foi tudo normal.

Comecei a fumar, mas parei devido ao medo de **DPOC** ou **LCFA**. Nessa época, tive um acidente automobilístico com **TCE**, fiz **CT** e **RM**, mas não deram em nada. Novamente, não recebi nota máxima: meu **Glasgow** era treze e o máximo é de quinze. Pensei ter **HIC** e ter de fazer uma **DVP**, mas não foi desta feita.

O médico disse que eu tinha obesidade mórbida, mas o mórbido era eu, e não a obesidade. Tive **DM**, **HAS**, e todos os hiper (não hiperfeliz), mas, hipercolesterolemia, hipertrigliceridemia etc. Quando o sufixo é "mia", não é do gato! Mas, sim, está no sangue. Meu fígado estava engordurado e estava com **SPM**. Fiz redução do estômago e estive acamado, com medo da **EAP** e da **TVP**, sem contar com a **HDA**, pois estava tomando heparina.

Não tive nenhuma **ITU** na vida, mas, e o medo da **IRA**, **IRC** e de me tornar um **dialítico**? Também tenho medo da **ELA**, do **AVC**, da **AVE** e do alemão Alois (Alzheimer) e do Sr. James (Parkinson).

Como médico, vou me aposentar e estou na **CLT**. Não recebo por **CH.**

Falei para os médicos meus amigos: se tiver doença grave **SPP**, não adianta fazer **RCP**. Pode me mandar para o **SVO** ou **IML**.

Pelo menos não vou ter **TPM.**

Com essa história toda de abreviações médicas, estou ficando maluco mesmo. Este realmente é meu prontuário. Se faltar alguma, devo estar com **DDA** ou sou **bipolar**. Vou ficando em pânico, podendo ter um **PITI** ou **DNV,** como queiram!

41.

MISERICÓRDIA

As Santas Casas de Misericórdia sofrem por não serem realmente santas e pelo desrespeito com o dinheiro que lhe é ofertado. A misericórdia, que é um sentimento de compaixão pela desgraça e miséria alheia, não faz parte do vernáculo de políticos e de muitos administradores das Santas Casas. Aliás, nem sabem do que se trata. Misericórdia vem de duas palavras do latim: *miserere* (ter compaixão) e *cordis* (coração). Não entendo esse cargo cujo nome é provedor da Santa Casa. Ora, o provedor não é aquele que dá o dinheiro? Provedor seriam os beneméritos, e esse sujeito que se diz provedor seria distribuidor do dinheiro alheio para as necessidades das Santas Casas. Por vezes, o poder emburrece e o dinheiro alheio nas mãos dá coceira...

Lembro-me de uma frase da avó de um colega lá de Batatais: "O dia do benefício é a véspera da ingratidão". Esses benefícios são os impostos e a ingratidão, já sabem...

O exemplo mais recente foi da Santa Casa de São Paulo, onde milhões de reais desapareceram, deixando à míngua os pobres coitados atendidos por essa tão prestigiada instituição, prejudicando até o ensino médico.

A Santa Casa de São Paulo é um patrimônio histórico e artístico de todos os cidadãos. Abrigou, no século passado, crianças que eram abandonadas em cestos do lado de fora de seus muros. Até 1950, foram 4.696 crianças abandonadas nos muros da Rua Dona Veridiana.

A raiva que sinto ao ver prefeitos e funcionários públicos passeando e torrando dinheiro da merenda das pobres crianças... Parece que a merenda das criancinhas é o jeito mais fácil de receber propina.

42.

MORTE DIGNA

Esse assunto é controverso, desde o nome "eutanásia", que é uma palavra grega e quer dizer "morrer bem", até as invenções mais recentes do homem, que são "ortotanásia" e "distanásia". Tudo isso é inventado para o paciente do relógio: "Você tem três meses, seis, ou ainda um ano".

O paciente nos Estados Unidos, muda para o Oregon e pede ao médico que lhe prescreva os remédios para o suicídio. Nesse Estado a lei permite. O paciente compra os remédios e vai para casa, e escolhe o dia de morrer. "Vai ser 1º de novembro", disse uma recentemente diagnosticada com tumor cerebral, desenganada. Submete-se à quimio e radio, queimando metade do cérebro e metade do couro cabeludo. Talvez, pelo estado do Oregon ter um clima bucólico, seja o ideal para esse fim.

Não existe morte digna. Todas são feias e nos levam à reflexão. Existe a morte. Com ou sem dor, doenças, ora. São doenças, infarto ou câncer. Na minha opinião, não há morte bonita.

Chegaremos lá.

43.

NEOLOGISMOS

Médicos e profissionais de saúde gostam de inventar novos termos. Por exemplo: o paciente está "diurezando" bem? Pergunta feita na troca de plantão. Ora, vejamos: se o paciente está com sonda vesical e não urina por vontade própria, "talvez" o termo esteja correto.

Outra coisa que o médico diz: "O paciente está com angina *like*". Gostei muito desse termo. Isso quer dizer que o paciente está com angina, mas não tem os sintomas de angina. Tem, por exemplo, falta de ar! É usado também para drogas como: tal remédio tem efeito quinidina *like*. Isso aí! Gostei também. Uma pediatra me disse que o garoto estava com tosse "coqueluchoide". Poderia ser tosse coqueluche *like*! Minha avó chamava de tosse do cachorro louco. Nunca vi um cachorro louco. Muito menos um cachorro louco com tosse!

Os médicos também adoram inventar novos tratamentos: "Vamos esfriar essa vesícula e, depois que estiver fria, nós a operamos". A vesícula biliar foi o primeiro órgão a ser esfriado. Hoje se esfria coração, rins, pâncreas... Tem sentido isso, porque aprendi que o processo inflamatório é calor, rubor, edema e dor, mas se esfria com antibióticos e anti-inflamatórios, e não com gelo!

Quando ajudava nas cirurgias, ou seja, suturava a pele, o chefe dizia: "Se não fechar, será resolvido por segunda intenção". Nunca entendi esse termo, pois queria que o corte fechasse de primeira! A segunda intenção não seria segunda intuição? Vai que não fecha!

Gosto também do termo "gaspeando", mas não é botijão de gás vazando e assoviando. É definido como: "respiração apnêustica" (sem respiração), ou seja, último suspiro!

Ainda bem que acabaram os *slides*, pois era uma briga com os mestres e doutores. Um dizia: "Passe o próximo *slide*", e o outro: "Passe o diapositivo". Todos se foram, juntamente com os *slides* e diapositivos e devem estar brigando lá no céu:

— Passe o *slide*!

— Não, passe o diapositivo e acenda a luz, pois não dou aula em boate!

44.

O DELEGADO

Dr. Zeca, assim como era chamado, estava em início de carreira. Homem honesto e de respeito e integridade ímpar, fora designado a trabalhar em uma cidade pequena no interior. Fez a mudança com sua esposa e seus quatro filhos pequenos, cujas idades variavam de três a nove anos. Conseguiu uma bela casa, grande, toda avarandada com quintal, onde as crianças podiam brincar à vontade naqueles dias modorrentos que passavam mais lentos.

Dr. Zeca logo ficou respeitadíssimo na cidade. Sua família também era tratada com pompa e deferência; por vezes, as crianças não pagavam entrada no único cinema, ou mesmo sorvetes e pipoca. "Você é filho do Dr. Zeca, não é?" e pronto, lá vinham as guloseimas grátis. Com todo esse respeito adquirido, ele passou a fazer parte da sociedade e a frequentar o Rotary. Convidado especial para bailes e almoços, as pessoas sentiam-se honradas em tê-lo em suas casas, causando até ciúmes entre elas.

Nada acontecia nessa cidade de mais ou menos 2 mil habitantes, tanto que ele não andava armado. Guardava seu revólver 38 em casa, pois as principais ocorrências eram brigas entre vizinhos e roubos de galinhas. Aliás, esqueci-me de contar que até se aposentar, daquela arma nunca saiu uma bala. Quando chegou à cidade, existia um sujeito matuto que vivia com o que lhe dessem. Andava pela cidade com um facão enorme, daqueles de cortar cana, que servia apenas para descascar laranjas, picar fumo ou mesmo gomos da cana. As pessoas na cidade, querendo pregar uma peça ao delegado recém-chegado, disseram que o matuto era um bandido perigoso! Imediatamente, o Dr. Zeca foi à procura do tal sujeito e, quando o encontrou, o diálogo foi o seguinte:

— Eu sou o novo delegado e o senhor não pode andar armado na minha cidade: passe-me a faca.

— O senhor vai levar a minha faca? — o matuto respondeu.

— Vou, sim — respondeu o delegado.

— Então, leve a bainha também!

E todos riram à sua volta.

Já estava há bastante tempo na cidade, e sua família, entrosada com as outras pessoas, seus filhos na escola. Certa vez, o mais velho, de nove anos, Zeca Junior, começou a procurar sua gata. Procura daqui, procura dali e nada. Acabou encontrando sua gata morta, com um tiro, na lata de lixo do vizinho. Junior começou a chorar e, em desespero, foi procurar pelo pai. O vizinho criava passarinhos e pombos, devia ser o culpado. Junior descobriu que o pai estava na reunião do Rotary ali perto e, correndo, aos prantos, adentrou no recinto gritando:

— Pai, morreu! Morreu! Morreu!

Ele não disse quem e saiu correndo para casa. O Dr. Zeca e mais umas trinta pessoas do Rotary foram atrás. Chegando na casa deles, verificaram que havia sido a gata. Ufa, que alívio!

Doutor Zeca, que era homem de poucas palavras, disse:

— Está declarada guerra!

No dia seguinte, comprou uma espingarda de chumbinho para o filho. Junior subiu no telhado e acabou com setenta dos cem passarinhos e pombos do vizinho. No outro dia, o vizinho apareceu na delegacia pedindo desculpas ao Dr. Zeca pela morte da gata e levou um coelho de presente para o Junior!

Outro fato acontecido foi em um dia em que o delegado estava almoçando em casa com a família. Chegou um de seus assistentes e lhe falou:

— Delegado, o senhor precisa ir à delegacia. Todo o povo da cidade está na porta. Prendemos um lobisomem e todo mundo quer ver.

Dr. Zeca, de imediato, pegou seu 38 e foi à praça. Lá chegando, todo o povo estava querendo entrar na delegacia para ver o tal lobisomem.

O delegado entrou na delegacia e constatou que na cela havia um andarilho, todo sujo e barbudo. Imediatamente, deu a ordem ao seu ajudante:

— Vá até a praça e diga que é apenas um andarilho, para o povo dispersar.

Imediatamente, o ajudante foi até a praça e gritou:

— Gente, podem ir todos embora porque o bicho desvirou!

Mais tarde, esse delegado, honestíssimo ascendeu em sua carreira. Foi transferido e prendeu estudantes que mais tarde chegariam a altos cargos governamentais, além de ser o primeiro delegado a prender um padre e uma freira por esconderem armas para esses mesmos estudantes. Mas isso é outra história!

VIVA, DIAS GOMES! VIVA, O DELEGADO ZECA!

45.

O ESPÓLIO DA DOUTORA HELOISA

Doutora Heloisa, advogada, assim gostava de ser chamada. Teve vida boa, confortável, nunca lhe faltou nada. Talvez o amor, digamos assim. Casou-se com homem rico, e a doutora Heloisa sempre muquirana, de mão fechada mesmo. Adquiriu muitos bens, uma fortuna em imóveis e dinheiro. Não teve filhos, talvez para não ter que repartir.

Brinco sobre isso, mas realmente não sei o porquê. Afastou-se da família com medo de ser roubada, ou por desamor mesmo. Ao final da vida, perdeu o marido e arrumou um tutor; com ele vieram as empregadas e cuidadoras. A família perdeu o contato de vez.

Certo domingo, a família recebeu um telefonema de que a doutora Heloisa havia morrido. Ficou na geladeira uns dias, até que seu tutor arrumasse o atestado de óbito. Tão rica e por pouco não foi enterrada como indigente.

Seu tutor levou-lhe tudo. Só sobraram algumas quinquilharias, que ninguém quer.

Doutora Heloisa, foi tão ruim na vida quanto na morte. Não deixou bens, nem saudades. Simplesmente passou pela vida, e esta passou por ela.

Se lhe fizessem um epitáfio, seria: "Pobre rica doutora Heloisa, foste em vida aquilo que foste na morte: 'sovina'".

46.

O PEIXINHO DO POÇO

Quando criança, escutava de um amiguinho de escola, que morava no sítio, que dentro do poço havia um peixe! Curioso, perguntei:

— Como você sabe?

— É que ao meio-dia, quando o Sol está a pino, olho dentro do poço e vejo aquele peixe nadando, até que a luz não me deixa mais ver. Você quer ir ver?

— Preciso perguntar à minha mãe.

Naquela noite, fiquei imaginando aquele peixe morando no poço, sozinho, solitário... Seria um peixe mágico? Invenção de meu amiguinho? De onde ele viera?

Criei coragem, pequenino ainda, e pedi à minha mãe que me deixasse ir almoçar na casa do coleguinha. Ela retrucou:

— Mas é no sítio, meu filho!

— Mas, mãe, o pai dele vem buscar de carro e me traz de volta.

— Concordo se eu for à escola e conhecer os pais dele!

Naquele mesmo dia, ela foi à escola, encontrando-se com os pais dele. Gente muito humilde e simples, minha mãe gostou; não sentiu perigo algum e os pais dele também não, porque eu poderia ajudar meu amiguinho com a lição de casa. Torci para chegarmos antes do meio-dia, para eu ver a criatura do poço.

Chegamos por volta das onze e meia. Logo deixamos os materiais no alpendre e saímos para brincar. Para mim, muitas novidades: goiabeiras, mangueiras, laranjeiras; tentei escalar todas. Havia também uma corda amarrada em um abacateiro, e nós nos deliciamos com o seu balanço. Fui alertado pelo meu amigo:

— O Sol está quase a pino. Vamos ver o poço?

Fomos lá correndo e deitamo-nos, debruçando nossas cabecinhas sobre o poço. Ainda estava meio na penumbra, mas, depois de um tempinho, o Sol estava a pino, era meio-dia. Não tínhamos relógio naquela época e, sem ele, as horas passavam mais devagar.

O Sol iluminou dentro do poço, que era fundo, e pude ver, por meio de suas águas cristalinas, o peixe. Ele ficava rodando em círculos no fundo do poço. Meu amigo falara a verdade. Ficamos ali até que a luz do Sol não iluminasse mais. Fomos logo interrompidos pela mãe dele, chamando-nos para lavar as mãos para almoçar.

Mantivemos o segredo, pois meu amiguinho poderia levar uma surra. Era perigoso ficar perto do poço. Naquele dia, fizemos os deveres de casa e o pai dele me levou embora. Agradeci, assim como minha mãe, e ele também me agradeceu pela ajuda nos deveres escolares do filho. Estava ali criado um elo de confiança entre as famílias e passei a visitar o sítio com frequência.

Víamos o peixe do poço, sempre ignorando os perigos. Era nosso segredo e achávamos que mais ninguém sabia!

— Vamos dar um nome ao peixe? — indagou meu amiguinho.

Pensamos juntos.

— Será que é peixe ou "peixa"? — retruquei.

Sempre tratamos como peixe, então, será peixe mesmo. Na aula de História, o professor havia falado de um tal Floriano Peixoto. Pronto, eu queria Floriano, mas prevaleceu Peixoto.

Íamos sempre ver o Peixoto, que era amarronzado, ficava parado às vezes, por um longo tempo, e crescia pouco. Achamos que Peixoto era muito solitário e que se continuássemos a beber e a usar a água do poço, ele secaria e Peixoto morreria!

Também, o Peixoto devia ser mágico, pois tomávamos a água e nunca ficávamos doentes. Ele também não tinha alimento! Como vivia?

Passaram-se uns dois anos e, em uma dessas idas ao sítio do meu amiguinho, estava lá um senhor para limpar o poço. Logo pensamos: "E o Peixoto, coitado!". Vimos que o senhor esvaziou o poço e colocou o Peixoto em uma lata com água. Vimos o Peixoto de perto. Ele era marrom, feio e enrugado, todo cheio de espinhos, cascudo e com a boca do lado de baixo. Nunca tinha visto peixe igual.

O senhor acabou de limpar o poço, pôs cal no fundo e um pouquinho de água. Devolveu o Peixoto ao poço e confessou que ele havia colocado o Peixoto lá para limpar o fundo.

Não tive mais notícias do Peixoto. Os anos passaram e penso que o nome foi apropriado, pois o tirano não deveria ser homenageado com nome de cidade, mas, sim, colocado no fundo do poço!

47.

O SEQUESTRO DE LESSIE

Em um condomínio fechado de classe média alta, mora uma jovem senhora com certo grau de esquizofrenia, ou mesmo demência. Essa senhora, que vamos chamar de Bia, possui uma casa bonita, no alto de um grande terreno, toda avarandada, com piscina, e na parte inferior, uma nascente, na qual fez um lago com peixes.

Bia resolveu comprar um cachorro, melhor dizendo, uma cadela Collie que já estava com três meses. No começo, bonitinha e dócil. Mais dormia e se alimentava. À medida que foi crescendo, começaram os problemas. Começou a roer tudo que via pela frente: móveis, meias, mesas e eletrodomésticos. Também, Bia não aguentava mais os latidos.

À medida que Lessie "piorava", piorava a loucura da Bia, que dava grandes surras na cachorra. Até os vizinhos ouviam. Sem a melhora esperada, a dona resolveu então construir um cercado muito pequeno, de um metro por um metro, e colocar Lessie dentro, atrás do lago, de onde não ouviria mais os latidos e nem o choro da cachorra. Resolveu também alimentá-la com ração de peixe. Lessie levava uma surra toda hora que ganhava ração e água. Todos os vizinhos ouviam. Havia uma portinhola no muro, longe da casa, para que entrasse o rapaz da piscina e o tratador dos peixes. Ele observara os maus tratos à pobre Lessie que, no passado, havia tido tempos gloriosos em Hollywood, e agora estava desnutrida e com sarna. Comentou com os vizinhos de condomínio. Até que chegou aos ouvidos de Sandra, uma ferrenha defensora de animais de qualquer tipo, mas, em especial, de cachorros. Decidida a tomar providências, foi à delegacia, onde o delegado, da primeira vez, não tomou providências. Insistiu, então, até que o delegado disse:

— Senhora, vou mandar alguém averiguar! — e mandou uma diligência ao condomínio.

O síndico, mancomunado com Bia, avisou que a polícia iria lá. Dona Bia, então, abriu as grades da Lessie e a soltou pela portinhola no condomínio. A polícia chegou e nada encontrou. Depois, dona Bia começou a procurar Lessie, que estava com um garoto, que disse que iria levá-la para casa e tratar dela. Dona Bia foi enfática:

— Devolva-me minha cachorra, que vou dá-la para os chineses.

Sandra ficou desapontada, mas a vida continua. Em uma reunião de condomínio, conheceu Lili e Adriana, que também eram loucas por animais. Foi paixão à primeira vista. As duas contaram que se fantasiavam de mendigas para irem à região da 25 de março para procurarem, no lixo dos chineses, ossos de cachorro. Nada tinham encontrado até então, mas suspeitavam dos pastéis e do yakissoba com carne! Conversaram bastante. Sandra falou sobre Lessie e suas ações, que não haviam tido resultado algum. As duas já sabiam. Surgiu, então, da boca de Sandra:

— E se nós sequestrarmos Lessie?

Lili e Adriana ficaram brancas, mas foram digerindo a ideia.

Os dias se passaram e as três sempre conversando sobre o assunto. Sandra era a cabeça do grupo. Na linguagem da polícia: chefe de quadrilha. Ela disse que uma pessoa que trabalhava no condomínio e também faz serviços para dona Bia se engajaria na causa, mas que queria uma compensação (dinheiro). Pronto, o bando estava formado, completo: as bandidas quarentonas!

Restava apenas desenvolver o plano. Sandra, Lili e Adriana se cotizaram para pagar José, o funcionário. Decidiram que seria em um dia em que dona Bia saísse e que José deveria estar trabalhando na casa, deixando a portinhola dos fundos aberta. Ele deveria tirar o cadeado das grades de Lessie. Tudo isso deveria ser cronometrado. Uma deveria ficar de binóculos, verificando a saída e a entrada da casa, e as duas outras, aguardando o sinal de José.

Chegou o dia e o bando das bandidas quarentonas sincronizou os relógios. Colocaram óculos escuros e pronto! Adriana ficou com o carro afastado da casa, observando. Sandra e Adriana ficaram dentro de sua perua quatro por quatro, aguardando o sinal de José. Dona Bia saíra e José estava na casa com os seus afazeres. Destrancou o cadeado de Lessie e a portinhola. Ligou para Sandra pelo celular:

— Está pronto!

As três estavam muito nervosas, e Lili exclamou:

— Vamos ser presas!

Sandra retrucou:

— Que nada! — ela era autoconfiante e da maior periculosidade.

Sandra ligou o motor de seu possante carro e parou junto à portinhola. Abriram e lá estava Lessie. Tiraram o cadeado, já aberto, e carregaram a cachorra combalida para o carro. Tomaram o cuidado de fechar as portas. A ação não demorou mais do que cinco minutos.

Com Lessie já no porta-malas, avisaram Lili para sair da posição de vigia e ir ao encontro delas. Já o bando reunido, saíram do condomínio e levaram a cachorra ao veterinário, que tratou a sarna e a vacinou. Compraram a melhor ração para Lessie.

Decidiram, então, deixá-la na casa de uma amiga, ali perto do Morumbi, voltando cada uma para sua casa. Ficaram uns dias com medo, aguardando a polícia, mas não aconteceu nada. Dona Bia achou que a cachorra fugira e deu graças a Deus.

Lessie encontrou um novo lar, com muito espaço para correr e brincar com duas crianças. Está muito feliz.

O engraçado foi que o funcionário José mandou uma mensagem de texto para as três assim: “Obrigado pelo dinheiro. Deu certo o sequestro”.

48.

PAIXÃO PERVERSA

Uma rainha, como todas as outras de historinhas infantis, possuía seu castelo cercado de serviçais. Essa rainha tinha também todos os comemorativos, tratando-se de uma rainha má. Tinha a varinha mágica (varinhas são pedaços de pau seco — em alguns casos, enfeitados), havia o caldeirão para manipular poções mágicas (como as atuais farmácias de manipulação). Para não faltar nada, tinha o espelho mágico que falava com ela, mitigando sua solidão.

Certo dia, a rainha resolve fazer a pergunta clássica ao espelho:

— Espelho, espelho meu... — Para que essa ênfase para combinar com o "eu", já que o espelho é dela? — Existe alguém mais bonita do que eu?

Só para avaliação, é claro, senão ou quebra essa merda ou manda para o porão.

O espelho respondeu como nunca o fizera antes:

— Minha rainha, para responder tal pergunta, preciso de mais elementos.

A rainha ficou atônita! *Como assim?*

— Veja bem, preciso saber porque vossa majestade fez tal pergunta ou, seja o que pretende fazer com esses dados, é para o ibope do castelo? Ou pretende avaliar o nível de beleza sem nenhum critério externo? Se os resultados não forem bons, pretende fazer botox, cirurgia plástica ou preenchimento? Tem que ter normas predeterminadas... Considerar peso, altura, cor dos olhos e dos cabelos. Enfim, o conjunto — continuou o espelho. — Bom, entre os serviçais do palácio e a turma da copa, a senhora ganha, apesar de ter atraso nos salários, sem falar das demissões. Também não paga hora extra e adicional noturno, pois suas maldades são feitas mais à noite. Agora que me perguntou, existe a Branca de Neve, que tem um quórum baixo: são só sete votos e um deles nem fala, então quer dizer seis! O resto na floresta são todos bichos e árvores. Não votam. Se houver uma eleição para sua beleza, também pode comprar alguns votos distribuindo verba e cargos para os sem-terra que moram perto do palácio!

A rainha má respondeu:

— Ninguém me tira do trono, sou a mais bela. Aqueles idiotas do castelo me abandonaram; acham que desembarcaram? Mas aqui é um castelo e não uma nau, a água é muito longe!

O espelho, tagarela e palpiteiro, respondeu:

— Fique tranquila, Branca de Neve está engajada em causas da floresta e não pretende se candidatar, apesar de que, entre os anões, ela ganha de lavada!

— Cale-se, espelho, vamos esperar a eleição!

49.

PAREDES

As paredes têm ouvido e boca, pois podem contar o que sabem.

A boca tem céu, não é dia e nem noite, não tem Sol, não tem luar.

O estômago tem boca, mas não tem dentes.

O pé tem peito, mas não tem mamilos.

O corpo tem mãe de onde nascemos, mas não tem pai.

Cadeira e mesas têm pés, mas não andam.

Janela tem guarnição, restaurante também.

O exército tem sargento, a marcenaria também.

O pijama tem bolsos.

O sapato come a meia.

Enxada tem cabo, e o exército também.

Caderno tem folhas, assim como as árvores, mas não flores.

Cachoeira tem véu como as noivas.

Pássaros cantam, assim como nós.

Pipa pode ter água ou até voar.

50.

O PATO

Já perceberam que o pato é um animal que não faz nada certo? Anda desengonçado, não canta, não voa, não sabe nadar. A única coisa que faz certo é esconder seus ovos, mas isso quem faz é a pata.

Já a galinha faz a maior propaganda de onde seus ovos estão. Daí a popularização dos omeletes. Ah, uma coisa que se faz bem com o pato é o confit, mas não por sua vontade!

Falando em animais, acho o cavalo um dos bichos que se sai melhor. Já nasce e fica em pé, saindo saltitante. Os adultos, em um porte monárquico, com suas crinas esvoaçantes, correndo pelas pradarias. Já os humanoides demoram um ano para ficar em pé.

O elefante é todo gordo e desengonçado, mas é o único animal que consegue uma ducha! A girafa, então, nem se fala. Já nasce "corna". Não sei para que aquilo serve, mas ela é o único animal que pode enxergar longe e comer as frutas dos galhos mais altos.

Do rinoceronte e do hipopótamo nem há o que falar, esses obesos mórbidos. O hipopótamo ainda é porco: manda merda no ventilador.

Ah, ia me esquecendo: já pensaram na diferença descomunal entre o ovo da galinha e o tamanho da cloaca? Que sofrimento...

51.

PEDRA NO CAMINHO

No caminho havia um poste
Por esse passavam fios
Havia neles vários pardais
Eu, moleque de bodoque
Peguei a pedra de Drumond
Que estava no meio do caminho
Havia mesmo essa pedra
Fiz a mira nos pardais
Lançando a pedra de Drumond
Não acertei nenhum pardal
Peguei a pedra
Coloquei de volta no meio do caminho
Onde havia a pedra....

52.

PENSAMENTO ACELERADO

No mundo atual, no corre-corre, as pessoas estão cada dia mais, digamos assim, "piradas". Dirigir teclando ao celular já é comum. Outro dia um garoto morreu atropelado teclando e ouvindo música, sem notar que o semáforo estava aberto.

As pessoas querem ficar sabendo online notícias e curiosidades do mundo todo, mas não sabem o que se passa à sua volta. Olham se são vistas, veem o que os outros fazem. Sentem inveja, raiva, medo, ciúmes, alegria; por vezes, maledicências. Algumas vezes escrevem bobagens, clicam e se arrependem, mas já é tarde. Uma preposição mal colocada destrói amizade fundamentada há anos.

Os telejornais dizem muito sobre nada. Muitas vezes, as notícias já foram veiculadas na web. Assim como os jornais de papel devem estar com os dias contados. Ler um livro, ora, é raro sem contar com a lista dos dez mais vendidos no país.

53.

PERDA DE PESO

Perder peso é uma coisa que vem desde que esse novo padrão de beleza foi implantado pela sociedade. Na Idade Média e Renascença, o padrão de beleza era outro. Vê-se através dos quadros de Michelangelo e Leonardo da Vinci. Também não havia fotografias na época.

No início do século XX, o padrão mudou um pouco, com as mulheres tendo suas cinturas apertadas por terríveis espartilhos que as torturavam. Nos anos de 1970, Jane Fonda, com seus malabarismos, promovia a ginástica e o tipo de mulher magra. Já de 1980 para cá, o surgimento do silicone, botox e outros produtos mais.

Penso: onde chegará a vaidade...

54.

POBRE PARDALZINHO

Ave nobre na Europa, de canto belo.

Existem quatro espécies muito belas.

Introduzido no Brasil, mudou seu comportamento e virou praga.

Acabando com os belos passarinhos nativos e levando sujeira e doenças por onde passa.

Ficou malandro, acompanhando fios de telefone e elétricos.

Assim chegando a todas as cidades.

De fina estirpe europeia, virou vira-lata brasileiro.

O seu canto virou pios e, em relação ao primo europeu, virou piada.

Diziam que o homem branco não se adaptaria aos trópicos.

Também os pardais, que não cantam, mas piam.

Medo de serem descobertos ou levarem chumbo...

55.

POBRE PNEUMONIA (homenagem ao grande Manoel Bandeira)

— Está com tosse e febre há quantos dias? — perguntou o médico.

— Bom, tosse há quatro dias, e estava escorrendo o nariz — respondeu o paciente.

— E a febre?

— Há dois dias, doutor. E também estou com muita falta de ar.

— Tire a camisa e sente-se ali. Inspire e expire profundamente... Agora diga 33 sem parar.

— 33, 33, 33. Bem, doutor, o que achou? Devo dançar um tango argentino?

— Não, não. Não é mais tísica e, se fosse, seria multirresistente! É pneumonia por vírus

H1N1.

Melhor mesmo é dançar um funk!

56.

PARA NÃO DIZER QUE NÃO FALEI DAS FLORES

As flores não têm predicado, enfeitam jardins, festas, casamentos e até velórios! São adjetivos para mulheres e homossexuais. Alegram a primavera e, através de suas transformações, dão-nos frutos.

Meu avô dizia que flores são para velório e não servem para ficar dentro de casa. Havia uma tia minha má, que só dava flores de presente e dizia: "Flores morrem e não sobrará nenhuma lembrança minha". Perverso isso, mas tem fundamento.

Com a mudança climática, a primavera deixou de ser o mês das flores. Os ipês já sabiam. Plantas de outras regiões seguem seu relógio biológico? Flores de inverno: amor-perfeito, boca-de-leão, kalanchoe, prímula, petúnia, hortênsia, manacá, cerejeira...

Definitivamente, a primavera não é a estação das flores.

57.

QUANTO CUSTA O SEU TRABALHO?

Aquela história de pôr preço no serviço dos outros me faz lembrar de dois contos já populares, que muitos de vocês já ouviram falar.

O primeiro é daquela indústria onde havia uma máquina extremamente necessária, e que parou de funcionar sem mais e nem menos. Tentaram consertar com as pessoas que tinham, mas nada adiantou. Chamaram um especialista, que olhou, verificou a máquina e, por fim, pegou uma chave de fenda e deu meia volta no parafuso. Pronto, a máquina voltara a funcionar perfeitamente. Então, foi lhe perguntado o preço.

— Quanto ficou?

— São cem reais.

A pessoa, indignada, questionou:

— Cem reais para dar meia volta no parafuso?

O especialista retrucou:

— Na verdade, são 99 reais para eu descobrir qual era o parafuso, com os anos do meu estudo, e 1 real para apertar o parafuso.

* * *

Ah, tem outra também, daquele sujeito que trancou o carro com a chave dentro e chamou o chaveiro. Esses carros modernos com alarme na chave, sabem? Lá chegando, o chaveiro abriu o carro em cinco minutos e disse:

— São cinquenta "paus".

Indignado, o dono do carro disse:

— Estudei tanto e você em cinco minutos abre o carro e cobra cinquentão!

— Então, tá! — disse o chaveiro, apertando o botão que trava o carro e os vidros, jogando a chave rapidamente sobre o banco. — Agora abra você mesmo!

58.

QUE CONVERSA É ESSA?

As pessoas, com o passar da idade e, talvez, sem cultura, conversam sobre os mesmos temas todos os dias. O início do assunto é sempre o mesmo: está frio, calor, ventando, se chove... Cada um com seu palpite previsionário.

"Ontem estava pior, mas amanhã vai melhorar". Que falta de assunto generalizado! Aonde for, o assunto é o mesmo, a não ser que você seja médico. Aí o assunto passa para as doenças. Em festas, são raras as vezes em que não temos que sair de fininho. As pessoas querem descrever suas mazelas e seus remédios, e você só quer aproveitar a festa...

Vêm os chatos: "Você é médico?". Há pessoas em rodinhas, discutindo suas dores e seus remédios, e até mesmo se o médico é bom ou não.

59.

QUEM NÃO DORMIU NO TRONO?

Festa de casamento em Guarulhos, anos 1980. Família foi do interior de Kombi.

Guarulhos, cidade onde um dia tem água e nos outros cinco não tem.

A festa começa regada a uísque Drurys, guaraná, maçãzinha, ponche.

Na comida, pão com carne louca, barquinhos de maionese, batata de aperitivo, além das frituras: coxinhas e bolas de queijo.

O *gran finale*: o bolo de glacê regado com cidra.

Terminado o feito, o pessoal do interior, aquele da Kombi, foi dormir na casa de parente.

60.

QUÍMICA

As aulas de química no colégio foram confusas. Na química básica, apareceram os elementos e a tabela periódica que, depois de quarenta anos, piorou muito. Apareceram muitos elementos novos; na verdade, mais de quarenta. A maioria, na parte de baixo da tabela periódica. Essa descoberta acabou com as minhas regras mnemônicas de decoreba.

Nomes estranhos, muitos nomes de gente. Ainda bem que o povo brasileiro e os cartórios não os descobriram. Tais como Tório, Lutécio, Túlio (não é o maravilha), Amerício e Einstéinio (mistura de Einstein com Stênio). Cério, com C; Copernício, Samário, Európio (alguém que mora por aquelas bandas), Califórnio (imagino um ex-*hippie* que virou *nerd*), Mendelévio, Gadolínio e os planetas bomba que já existiam na minha tabela: Urânio, Neptúnio e Plutônio, que virou anão. Deve ser uma bomba morar lá!

Essa química era chamada inorgânica, pois se a comesse faria mal e poderia causar câncer! Outra coisa que apreendi, não sei, era a pequena combustão e a grande combustão.

Imaginava jovens meninas pequenas ou grandes, de seios fartos! Ah, essa adolescência!

A química orgânica piorou a minha vida de estudante com aquelas formas geométricas. Parecia uma aula de matemática. Ainda tinha um professor japonês que mal sabia falar direito a nossa língua e toda aula dizia: "Quando vocês aprenderem a regra de IUPAC, saberão". Nunca passava tal regra e não havia internet. Aqueles radicais meteno e benzeno me deixavam louco. Fora a brincadeira com os nomes! Daí veio a nota da prova: baixa. É claro! Não entendíamos nada!

O professor japonês escrevia na cúria as notas a lápis. Então, os alunos mais safados causaram confusão e alteraram as notas, de 3,5 para 8,5. Não me orgulho desse fato, porém, todos passaram, e o professor foi demitido.

Por que os alimentos orgânicos não têm a ver com a química orgânica? O que são solventes e benzóis altamente tóxicos? – pergunto-me. Ah, deve ser porque não se usa o pesticida, que é orgânico!

Só sei que química é coisa de louco. De sessenta pessoas que entram em Engenharia Química, doze se formam. No segundo ano, já estão empregadas. Pior que é na Petrobras. O restante deve ir para outro manicômio!

61.

RECEPÇÃO

Toca o telefone. *Trim. Trimm.*

— Bom dia — atende a empresa tal qual.

— Bom dia. Como vai?

— Bem. E você, anjo?

— Ainda continuam no mesmo endereço?

— Sim, aquele mesmo. O patrão não quer mudar.

— Mas aí é bom e fresquinho, não é?!

— Isso é, mas precisamos de mais espaço. A localização é ótima, no Centro, mas é pequena...

— Um dia vocês chegam lá.

— É, sim.

— Precisamos do serviço.

— Faz tempo, não é?

— Está bem! Tenha um bom dia.

— Você também, anjo.

"Hum... Quem será que ligou?".

62.

SENHOR AMÉRICO

Como médico, acabo me deparando com situações engraçadas. Fui solicitado para atender o senhor Américo em sua residência. Lá chegando, toquei a campainha e o próprio senhor veio atender a porta. Estava vestido com calça e camisa; porém, sua braguilha estava aberta e seu pênis estava para fora (esqueceu). Uma curiosidade do senhor Américo foi se eu fazia eutanásia. Respondi de pronto:

— Ora, o senhor está bem e goza de ótimas faculdades mentais. Além de tudo, é proibido por lei e, mesmo se fosse permitido, também não faria.

Continuei o atendimento e, ao final, o senhor Américo me acompanhou até a porta e se despediu. Com a braguilha aberta e o pênis para fora.

63.

TELEVISÃO

A evolução não descobriu ainda que viveríamos mais. Talvez pense que nossas vidas iriam até os quarenta anos, como na Idade Média. Por isso, enxergamos bem até mais ou menos essa época. Se os artistas vivessem mais na Idade Média, imagino que a partir de uma certa época suas obras de arte seriam distorcidas. Digo isso porque quando eu era pequeno, enxergava bem, mas as televisões eram de tubo à válvula e em preto e branco.

Quando surgiu a televisão em cores, ficamos fascinados. Conseguia ver um pouquinho por uma fresta na janela da sala dos padres. Mais tarde, meu pai conseguiu comprar uma à prestação, na Sears. Chegou à casa aquele trambolhão, pesadíssimo, com três homens para carregá-la. Foi instalada e só havia eu em casa. Liguei o botão. Tinha que esperar esquentar e aí surgia a imagem. Observei aquelas válvulas acesas pela fresta da tampa. Uau, que tecnologia!

Naquele dia, não estudei. Fiquei vendo desenhos a tarde toda. A televisão tinha canais em UHF e VHF. Para assistir a outros canais existia um conversor para alterar a sintonia.

Quando ventava muito, a imagem piorava, e lá ia meu pai para cima do telhado, para a antena, gritando de lá de cima: "Está bom aí?!". "Não! Volte! Passou um pouquinho!" Não podemos nos esquecer das televisões portáteis, que tinham antena atrás. Muitas vezes pegava chuviscado, então, colocávamos o velho Bombril. Não dizem que tem 1001 utilidades?

As pessoas mais humildes compravam uma invenção nacional: um plástico com cores de arco-íris. Elas o colavam nas suas televisões para ter a sensação de televisão em cores! A cabeça ficava rosa, o corpo, roxo... Era um horror.

Sem contar os primeiros controles remotos. A televisão só tinha doze canais e o controle acionava um motor que girava só para frente. Não tinha como voltar. Também não tinha controle de volume.

Falei do passado porque as televisões hoje são de alta resolução. Não sei bem, mas existem a 4K, 3D, HD, HDMI e por aí vai. Acho que alta resolução deve ser uma mulher alta que resolve tudo! Uma visita na minha casa certa vez disse:

— Não está em HD. Olhe como essa mulher está gorda!

— Para mim está bom. Quando enxergava bem, as televisões eram em preto e branco. Agora que a presbiopia chegou, está tudo bom — retruquei.

Quem sabe se operar a catarata um dia melhora!

64.

TEMPO

Há um tempo para nascer e o tempo de morrer

O tempo para plantar e outro para arrancar

O tempo de curar... sempre

Um tempo de construir e outro de destruir e construir de novo, talvez!

Um pequeno tempo para chorar e um grande tempo para gargalhar

Um tempo para andar e outro para dançar

Um tempo para espalhar e outro de ajuntar

Um tempo de abraçar e outro de abster-se

Um tempo para pesquisar e outro para parar

Um tempo de guardar e outro de jogar fora

Um tempo para falar e outro para ficar quieto

Um tempo para amar e outro, nem tanto

Um tempo de paz

Um tempo para ser feliz. Quando?

Um tempo para perder o folêgo

Um tempo para morrer

Um tempo para ser esquecido.

65.

TIC TAC... O PASSAR DAS HORAS

Dois idosos ao acordar:

— Que horas são?

— Vou ver no despertador da cozinha.! São onze e trinta!

— Meu Deus! Como dormimos tanto hoje?

— Nunca dormimos tanto!

— Então, em vez de tomarmos café, vamos almoçar.!

— Ponha a mesa enquanto preparo o almoço.

— Tudo bem.

— A comida estava boa, mas hoje não podemos nos deitar após o almoço. Levantamos tarde, não é?! Veja que horas são agora.

— Um momento. Vou pegar os óculos. São onze e meia. Nossa! Meu Deus! O despertador parou. Esqueci de dar corda ontem.

— Então, nós almoçamos a que horas?

— Foram às seis e trinta.

— Bom, por hoje já se almoçou.

— É *vero*! Vamos descansar!

66.

VESTIDO

Eu te reconheceria pelo tom do seu vestido
Achar-te-ia em qualquer lugar
Mesmo nos achados e perdidos
Fugiu da minha rede
Fiquei com tanta sede
Entrou na minha história
Que hoje na memória
Puxo até demais...

Passou tanto tempo
O tempo não apaga
A memória se transforma
Muda a cada hora
Mas o tom do seu vestido
Esse não tem jeito
Não ficou na memória
Mas, sim, dentro do peito
Fugiu da minha rede
Fiquei com tanta sede
Só fiquei com essa história.

Vestido que realçava o brilho dos seus olhos
E o branco dos seus dentes
Naquela luz resplandecente
O grosso dos seus lábios
Não encontro nos alfarrábios
Tal candura
Fugiu da minha rede
Fiquei com tanta sede
Só fiquei com essa história.

Fecho os olhos e vejo por onde andara
O vestido mais belo cujo tom não revelo
Está dentro do peito
Não sai, não. Não tem mais jeito
Nem o tom da sua pele
Tal veludo...
Fugiu da minha rede
Fiquei com tanta sede
Só fiquei com essa história.

Não existe outra memória
Aqui onde as horas passam depressa
E o tom do seu vestido
Música até para os ouvidos
Aguça todos os sentidos
Não existo sem isso
Fugiu da minha rede
E eu, com tanta sede
Só fiquei com essa história.

67.

VIDA FORA DA TERRA

Todo mês aparecem notícias de descoberta de planetas possivelmente habitáveis. Os cientistas zombam da nossa inteligência dizendo que são nossos vizinhos e estão a cem anos luz! Dizem até da órbita o tamanho e que, possivelmente, haja vida! Como podem saber disso?

Os humanos enviam sinais para o espaço há mais de cinquenta anos e, se existir vida fora da Terra, ou os ETs são muito subdesenvolvidos ou não se interessam pela Terra. Acho que é mais correta essa segunda hipótese.

Anos atrás disseram que Plutão não era mais planeta! Como assim?! Desde pequeno sabia que era um planeta e agora falam que não é mais?! Aí disseram que é um planeta anão. Planeta anão? Já falaram que outros são: um gigante vermelho; ou um gigante azul!

Uma sonda chegou perto de Plutão, fez várias fotos e disseram que tem gelo e vulcões. As sondas americanas em Marte fazem *selfie* umas das outras. Que tecnologia!

68.

VIVA, OSCAR WILDE

Já sabemos que o comunismo não deu certo e a monarquia, só se for de fachada. Quanto ao parlamentarismo, socialismo bolivariano, ou não, e democracia, também estamos descobrindo que não funcionam.

Então, a melhor forma de governo é a ausência de governo. A desgovernança!

Mesmo sendo governados sem governança, continuamos vivendo, e viver é a coisa mais rara do mundo. A maioria das pessoas apenas existe. Às vezes, tornam-se placas no cemitério, quando muito!

A tragédia da vida é que o corpo nasce jovem e envelhece. Já a alma é o contrário.

A vida imita a arte; não viveu, apenas imitou...

Deus brasileiro, salve o nosso país!

69.

SOLIDÃO

Sempre que vou à padaria, que fica em um pequeno shopping, encontro um velhinho com um tabuleiro de xadrez:

— E aí? Vamos jogar uma?

Nunca tinha tempo, mas certa feita resolvi jogar.

— Prefere as brancas ou as pretas?

— Tanto faz — respondi.

O jogo começou e não durou muito. Ele tomava minhas peças como galinhas bicando o milho. Pronto! Xeque-mate!

— Vamos jogar mais uma — disse ele, com ar sarcástico.

Pensei: "Não, não, nunca mais". Há anos não jogava xadrez e fui humilhado por um velhinho que nem sei o nome sequer.

"Vá procurar outro trouxa para encher seu ego e aplacar sua solidão!".

FONTE: Warnock Pro
IMPRESSÃO: Paym